Chef's note

zest d'orange
    " de Citron } Sauce beurre blanc au Fond
                Base 270u   légu
u jus d'orange   70u Vin blanc
u " de Citron   80g échalote hachées (nette)
u Vin Blanc   3tg Champignon " (net)
u miel   30g oignon   "   "
tte Base reduire par 80u 10g poireau blanc " "
g Beurre   30g celeri   "   " (brut)
   sel poivre   50g Fenouil haché (brut)

ire comme Beurre Blanc le fair cuire Tout ensemble
faire Tourner dans la machine à reduire
   puis le passer par le Chinois jus qu au tour (Total Volu

           Total 130u
              Base 60u
u jus d'orange pour Beurre 40u (pour monter)
  la fin râpe de zest l'assaisonnement
          et de   passée au machine à super
rre blanc au Fond de légume 130u au chinois
blanc   légume
te hachées (nette)   Total Volum ± 100u
ignon " (net) (Base Beurre Blanc à l'orange
   "   "   15g zest d'orange
  blanc " "   5g   " de Citron }
       " (brut)   130u jus d'orange   Base 270u
  haché (brut)   15u   " de Citron
            40u Vin Blanc
cuire Tout ensemble 2.5u miel
           Cette Base reduire par 80u
  tour (Total Volume) 100g Beurre
               sel poivre

(pour monter)   faire comme Beurre Blanc avec
              (faire Tourner dans la machine à

셰프의 노트를 훔치다

셰프의 노트를 훔치다

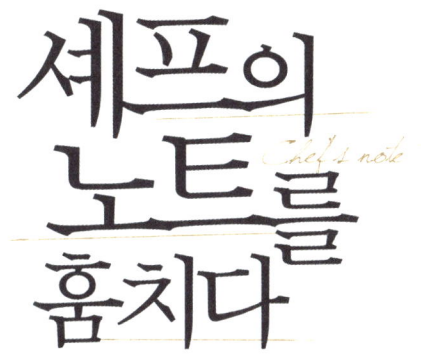

Chef's note

김한송 지음

시공사

"음식에 대한 사랑만큼 진실한 사랑은 없다!"
7인의 셰프가 들려주는 인생과 요리 이야기

　　몇 해 전 '맛은 무엇인가?'라는 단순한 명제로 시작한 요리사들과의 만남. 요리를 시작한 지 그리 오래되지 않았지만 이 질문에 대한 답을 찾을 수 있다면 내가 요리를 하는 궁극적인 목적에 한 걸음 더 다가설 수 있으리라 생각했다.

　　미슐랭 3스타 레스토랑의 화려한 애피타이저에서부터 태즈매이니아의 허름한 피자집의 굴피자까지 정말 다양한 음식들을 맛보며 많은 요리사들과 이야기를 나누었다. 나는 그들과의 유쾌한 만남을 통해 진정한 요리사의 자세와 인생의 획을 긋는 소중한 메시지들을 얻을 수 있었다.

　　미식가들이나 요리 관련 기자들에게 '맛은 무엇인가?'라는 질문을 던지면 화려한 수식어를 동반한, 일목요연하게 정리된 답변을 들을 수 있었다. 하지만 정작 맛을 다루는 요리사들에게 동일한 질문을 했을 때는 반응이 전혀 다르게 나타났다.

어느 누구보다 더 맛을 중요하게 여기고 치열하게 고민했을 요리사들은 이 질문에 쉽게 입을 떼지 못했다. 그리고 그들의 답변에는 맛에 대한 거창한 표현이 아니라 각자의 요리 철학이 묻어났다. 아마 그들이 최고의 자리에 서 있건 그렇지 않건 간에, 요리사로서의 삶이 길건 짧건 간에 그들에게 '맛'은 평생을 고민해야 할 난제이기 때문이라는 생각이 들었다.

요리를 한다는 것은 하나의 문화를 만들어나가는 것이라고 생각한다. 어느덧 한국 사회에서도 '먹는다'는 것이 단순히 배를 채우는 것이 아닌 하나의 문화로 여겨지는 분위기가 형성되고 있다. 서울의 미식 수준은 전 세계 어디와 비교해보아도 탄탄한 경쟁력을 갖추고 있다. 세계적인 셰프들이 서울 중심가에 레스토랑을 오픈하고 있고, 그만큼 세계적으로 인정받는 고급 음식들을 접할 수 있는 기회도 많아지고 있다. 한식의 세계화 프로젝트와 더불어 다양한 분야에서 한국 음식들이 소개되고 있다. 과거의 전통 음식을 기반으로 새롭고 전 세

Beurre Blanc *(s) femouil cru*
(±55)
Beurre Blanc <normal>
râpe de femouil cru <by order>
pernod <parfum

계인의 사랑을 받을 수 있는 한식을 선보이려는 움직임이 일고 있는
것이다. 이와 더불어 사회가 선진화되면서 문화에 대한 콘텐츠의 중
요성도 강조되고 있다. 단순히 요리만을 소개하고 만드는 데 그치지
않고, 요리를 매개로 다양한 활동들이 진행되고 있는 것이다.

　최근 요리사들과 주방 안의 에피소드를 다룬 드라마가 크게 인기
를 끌었고, 스타급 요리사들의 등장으로 '셰프'라는 단어가 일반인들
에게 매우 익숙해졌음을 실감하고 있다. 훌륭한 요리사는 단순히 레
시피를 외우고 반복되는 연습을 통해 익힌 기술만으로는 완성되지 않
는다. 기본은 질리도록 충실히 연마하면서도 어떤 직업보다 과학적이
고, 예술적인 창의력이 요구된다.

　내가 만난 일곱 분의 셰프는 주방에서, 자신의 일터에서 불과 칼 그
리고 자기 자신과 치열하게 싸워 이겨낸 열정에 찬 주인공들이다. 많
은 분들에게 이 책을 통해 이제까지 알지 못했던 요리사의 삶과 요리

철학을 보여주고 싶었다. 길을 찾는 이들이 자신의 일을 사랑하며 묵묵히 한 길을 걸어온 이 책 속의 주인공들을 통해 삶의 자세와 꿈과 일에 대한 답을 조금이나마 찾을 수 있기를 바란다.

더불어 요리사인 아들을 두고도 항상 먹을거리를 걱정하시는 부모님과 내가 하는 모든 일을 물심양면으로 도와주는 형에게 감사드린다. 인터뷰 내내 뜨거운 열정으로 답해주신 존경하는 일곱 분의 요리사들께도 다시 한 번 진심으로 감사드린다. 마지막으로 이 책이 세상에 나올 수 있도록 도와주신 시공사 편집부와 사진을 찍어주신 구현모, 벨라치타 김준형 씨에게도 감사의 말씀을 전한다.

요리사 김한송

4 prologue

Chef's note

"열정과 탁월한 재능이 없는 요리사는 존재 가치가 없다.
열정은 풋내기 요리사가 진짜 요리사가 되어가는 조건이고,
재능은 그 성장에 박차를 가하는 페달이다."

알랭 뒤카스Alain Ducasse, 세계 유일의 나인 스타nine-star 셰프

CHEF'S **1** NOTE

나는 아직도 게으르다
서상호, 신라호텔 총주방장

1979년 3월 신라호텔 입사
1987년 12월~1989년 1월 네덜란드 암스테르담 연수
1989년 1월~1989년 12월 샹그리라 주방
1990년 1월~1996년 12월 콘티넨탈 주방
1994년 싱가포르 국제요리대회 은메달
　　　한국 국제요리대회 대상
1995년 프랑스 Ritz Escoffier 요리학교 수료
　　　서울 국제요리대회 대상
1997년 1월~1997년 3월 파크뷰 주방
1997년 3월~1999년 7월 비체 주방
1999년 8월~2000년 10월 탑 클라우드
2000년 11월~현재 신라호텔 총주방장

"음식은 요리사들이 맛있게 요리를
하는 데서 그치는 것이 아니라
고객이 맛있다고 해야 비로소 가치가 있다."

Seo Sang Ho　　　　오전 7시, 주방 사무실 안으로 급히 뛰어 들어온 서상호 셰프가 수북이 쌓여 있는 식재료 주문서들을 한참 동안 뒤지더니 그 속에서 어젯밤 늦게 보낸 주문서를 찾아냈다. 오늘 저녁 VIP들의 특별만찬에 나갈 생선 뫼니에르_{meuniere, 양념한 뒤 밀가루를 뿌려 버터에 살짝 튀긴 요리}를 만들기 위해 급히 농어를 주문했기 때문이다.

　주문서를 꼼꼼히 살핀 그가 재료를 직접 살펴볼 양인 듯 검수과로 향한다. 때마침 도착한 활어차에서 오늘 사용할 생선들을 꺼내고 있다. 아직 스카프도 매지 않았지만 그의 눈빛이 날카로워진다. 연신 튀어오르는 물방울은 아랑곳하지 않고 한참 동안 지켜보다 잠시 작업을 중단시킨다.

　"이놈은 안 돼. 이렇게 비늘이 벗겨지고 꼬리지느러미가 약해진 건 수족관에서 오래 있었다는 거거든. 이런 걸 사용하면 투박한 냄새가 올라와서 안 돼."

　"셰프 님, 이건 괜찮잖아요. 이 정도면 어디에 내놔도 최상등급을 받는데요."

　"아니야. 내가 아는 한 그렇지 않아. 맛은 거짓말을 하지 않거든."

평소 인자한 모습과 달리 식재료를 대할 때면 그는 상당히 날카로 워진다. 우리나라를 대표하는 신라호텔의 총주방장 서상호. 느즈막이 출근하여 하루 일과를 시작해도 누구 하나 눈치 줄 사람 없는 위치에 올랐지만 그는 여전히 이른 아침에 출근하여 식재료를 꼼꼼히 챙긴 다. 보통 총주방장이라면 아래 직급 요리사에게 넘길 일도 그는 직접 확인한다. 오랜 시간 식재료를 눈으로 확인하고 다루는 것이 몸에 배 었기 때문이다.

국내에는 특급호텔이 50개 정도 있는데 이 중에서 서울 시내에 위 치한 특급호텔은 10개 내외다. 그 가운데 해마다 최고 호텔로 꼽히는 곳이 바로 '신라호텔'이다.

신라호텔은 미국에서 발간되는 세계적 금융 전문지 〈인스티튜셔널 인베스터Institutional Investor〉가 발표한 세계 100대 호텔에서 54위를 차 지했다. 이러한 세계적 호텔의 주방을 책임지는 사람이 바로 서상호 셰프다.

30여 년이라는 세월을 한결같이 꼭두새벽에 일어나 그날 요리를 구 상하고, 잠들기 전에 하루를 반성하는 시간을 가진다는 그는 이렇게 말한다.

"나는 아직도 게으르다."

주문받은 요리는 바로 그 자리에서!
뷔페의 상식을 뒤집다

　　신라호텔 1층에 위치한 파크뷰. 평일 점심이지만 홀 안은 고객들로 가득하다. 분주히 오가며 고객이 사용한 접시를 치우는 웨이터들, 연신 고객을 자리로 안내하는 홀 직원들 사이로 파크뷰 오픈 주방이 보인다.

　　불이 높이 치솟는 속에서 중식 섹션의 요리사들이 바쁘게 만두를 빚는 모습이 인상적이다. 요리사 한 사람이 만두피를 반죽하면 다음 요리사가 속을 넣는다. 옆에 있는 요리사는 시간에 알맞게 만두를 쪄내 고객들에게 내놓는다.

　　청담동의 럭셔리한 일식집에서나 맛볼 수 있는 수준급 일식요리를 즐길 수 있는 일식 섹션에는 줄이 길게 늘어서 있다. 고객이 도미를 선택하자 두 손바닥을 '팍' 소리 나게 맞부딪쳐 초밥을 만드는 일식 요리사의 모습에서는 박력이 느껴진다. 요리사 손에서 순식간에 만들어진 초밥이 고객의 접시에 놓인다.

　　이처럼 요리사들이 모든 고객을 직접 상대해서 음식을 만들려면 잠시도 쉴 틈이 없다. 초밥 한 피스, 파스타 한 접시, 만두 하나까지도 고객이 도착했을 때 만들어내는 것은 일반 레스토랑에서는 시도조차 할 수 없는 일로 무리하게 여겨지기까지 한다. 하지만 서상호 셰프는 기존의 정형화된 뷔페 레스토랑에 대한 인식을 단번에 뒤집었다.

신라호텔의 뷔페 레스토랑인 파크뷰는 2009년 호텔 레스토랑으로는 유일하게 연매출 100억 원을 넘기는 신기록을 세웠다. 이곳은 모두 359석으로, 1년 동안 27만 명이 방문했으니 하루 평균 700명 이상이 찾은 셈이다. 이는 우리나라 외식업계에서 초유의 사건이라고 할 만하다. 모든 좌석을 두 번 이상 꽉 채우는 회전율을 의미하기 때문이다. 일반 레스토랑과 비교할 때 상대적으로 가격이 비싼 호텔 레스토랑이라는 점을 감안한다면 더욱 놀라운 기록이다.

"음식은 요리사들이 맛있게 요리를 하는 데서 그치는 것이 아니라 고객이 맛있다고 해야 비로소 가치가 있다"라고 말하는 서상호 셰프. 함께 일을 시작했던 요리사들이 하나둘 날개를 펴고 자신의 길을 찾아 떠났지만 그는 이곳을 떠나지 않았다. 그리고 묵묵히 높게 치솟는 불길과 싸우며 요리를 배웠다.

태권 소년, 하얀색 조리복에 반하다

서상호는 어릴 때부터 태권도에 관심이 많았다. 워낙 활동적이고 움직이는 것을 좋아한 그는 초등학교 때부터 태권도를 배웠다. 학창

신라호텔 1층에 위치한 파크뷰. 오픈하기 전 요리사들이 바쁘게 준비를 하고 있다.

바닷가재 무슬린과 황금버섯

시절 태권도 선수가 되는 것이 꿈이었을 만큼
그는 중·고등학교 때 태권도 도장에서 살다시피 했다.

　그러던 그가 고등학교를 졸업하고 나서 깊은 고민에 빠진다. 그 시기 대부분의 학생들처럼 생활고에 시달렸던 그는 어떻게 하면 먹고 살 수 있을지 고민하게 된 것이다. '내 적성은 무엇일까? 난 무엇을 해야 잘할 수 있을까?'라는 질문을 하루에도 수백 번 해보았지만 딱히 마땅한 직업을 찾기가 쉽지 않았다.

　그렇게 진로를 고민하며 보내던 어느 날, 그의 인생을 바꿔놓을 일생일대의 기회가 찾아온다. 뚜렷이 어떠한 것을 하겠다고 마음먹은 일이 없는 그에게 지인이 싱크대 회사를 소개해준 것이다. 일단 어떠한 일이라도 시작해보자는 마음에 그는 싱크대 회사로 출근했다.

　일을 시작한 지 얼마 지나지 않아 고장 난 싱크대를 고쳐달라는 주문을 받고 간 곳이 다름 아닌 신라호텔이었다. 그곳에서 그는 하얀색 조리복을 입고 있는 요리사들의 모습에 압도당하게 된다. 비록 싱크대를 고치기 위해서였지만 난생처음 가본 호텔 주방에서 분주히 움직이는 요리사들은 이제껏 어디에서도 느낄 수 없었던 그의 열정을 일깨워주었다. 박력 있게 칼질하는 모습, 높게 치솟는 불길을 능숙하게 다루는 모습, 어딘가에서 이야기로 들었을 법한 환상적인 요리사들을 본 그의 가슴이 두근거리기 시작했다.

　'나도 새하얀 조리복을 입을 수만 있다면……'

한순간 요리사의 매력에 빠져버린 그는 밥 한번 제대로 해본 적이 없었지만 새하얀 조리복을 입고 싶다는 마음에 덜컥 신라호텔에 입사지원서를 냈다. 그리고 그렇게 시작된 인연이 30여 년째 이어지고 있다.

사실 신라호텔에 입사한 후 서상호는 요리에 큰 흥미를 느끼지 못했다. 처음 품었던 요리에 대한 환상은 하루 종일 뜨거운 열기로 가득한 주방 안에서 이내 식어버렸기 때문이다. 그는 입사한 지 얼마 되지 않아 입대하고 말았다.

요리에 흥미가 없어서 입대했지만 그곳에서도 요리와의 연은 운명같이 이어졌다. 호텔 근무 경력 때문인지 간부식당 취사병으로 발령을 받은 것이다. 군대에서는 호텔 주방에서 일했으니 '당연히 다른 병사들보다 요리를 잘하겠지'라고 지레짐작하고 그를 선발한 것이다.

군 간부들을 상대하는 관사로 보내졌지만 당시 그에게는 몇 가지 조리 상식만 있을 뿐이었다. 어떻게든 다양한 음식을 만들어야 했지만 그는 음식을 얼마만큼 준비해야 하는지, 메뉴를 어떻게 구성해야 하는지 기본적인 것도 몰랐기 때문에 그곳에서 고생깨나 했다. 남들은 군대를 젊음을 낭비하는 곳이라고 여겼지만 그는 그곳에서 조금씩, 조금씩 자신만의 요리 감각을 키워나갔다.

제대한 뒤 다른 일이 하고 싶어 잠시 방황하기도 했지만 여전히 그의 머릿속에는 요리에 대한 갈망이 가득했다. 그에게는 남들보다 더 맛있게 먹고 남들보다 더 맛있는 맛을 느낄 수 있는 요리에 대한 직감이 있었다. 그는 결국 신라호텔로 돌아왔다.

네덜란드에서
요리의 철학을 심다

1979년 다시 요리의 세계로 돌아온 서상호는 '이왕 돌아왔으니 이 분야에서 최고가 되자'라고 굳게 마음먹는다. 그렇게 시작한 호텔 생활에서 그가 가장 먼저 배운 것은 요리가 아니라 영어였다. 그는 서양요리를 배우고 싶었다. 당시 요리책은 대부분 원서로 봐야 하는데다 눈으로 보면 그 식재료가 무엇인지 알지만 영어로 어떻게 표현하는지 몰랐기에 영어 공부가 가장 시급했다.

그는 새벽에 일어나 영어를 배웠다. 두꺼운 요리 원서를 뒤적거리며 밤을 지새우는 일이 잦았고, 모르는 단어가 나오면 일일이 사전을 뒤적여가며 하나둘 문장을 익혔다. 레시피를 완전히 읽을 수 있게 된 뒤에는 아예 외워버렸다. 그리고 어쩌다 새로운 식재료를 발견하는 날에는 선배들을 붙잡고 몇 번씩 물어보는 등 식재료의 특성과 조리법을 자신만의 것으로 만든 다음에야 손에서 책을 놓았다.

이러한 나날이 이어지다보니 서서히 영어에 감이 왔고 한층 더 확실하게 요리에 눈을 뜰 수 있게 되었다. 우리나라에서는 하지 않는 조리법이라든지 아직 접해보지 못한 식재료들을 눈으로라도 익힐 수 있었다.

하지만 어디서나 그렇듯 주방의 막내생활이 쉽지만은 않았다. 주방에서 생겨나는 모든 자질구레한 일은 언제나 그의 몫이었다. 양파 껍질을 까고, 지저분한 바닥을 닦고, 무거운 감자 부대를 나르는 등 힘든 일을 도맡아 해야 했다. 해가 뜨기도 전에 출근해서 깜깜한 밤이 되어야 퇴근하는 것이 일상이 되었다.

지금이야 근로조건이 많이 좋아져서 일정 기간 막내생활을 하면 다른 직원이 들어와 그 생활에서 벗어날 수 있지만 그때는 기약할 수 없는 생활이 이어졌다. 직원이 필요하지 않으면 언제까지라도 막내를 뽑지 않았기 때문에 며칠 일하다가 견디지 못하고 도망치는 경우도 부지기수였다. 힘든 나날이 계속되었지만 그는 자신이 선택한 길이었기에 포기하지 않았다. 아니 포기할 수 없었다.

주어진 일을 묵묵히 하며 접시만 닦은 지 4년이 되던 해에 그의 요리 인생에 새로운 기회가 찾아온다. 성실하게 일하던 그에게 호텔에서 2년간 네덜란드 요리 연수를 제의한 것이다. 그는 주저하지 않았다. 조금 더 넓은 곳에서 제대로 배워보고 싶었다.

"그곳에서 새로운 요리 세계를 접했습니다. 단순히 반복만 강조하는 한국의 요리 세계에서 벗어나 새로운 메뉴를 개발하는 법, 식재료

(상단부터 차례로) 장어숯불구이, 육회,
블랙트러플을 넣은 브리치즈와 블루도베뉴

를 다루는 법, 최신식 조리 기물을 접하는 법 등 요리의 세계는 넓고 배워야 할 것이 무궁무진하다는 것을 알게 되었습니다."

네덜란드 연수 기간에 아직 한국에 수입되지 않은 최첨단 조리 기물을 사용해보거나 세련된 조리법을 익히며 매일 아침 밭에서 뽑아 흙이 묻은 채 배송되는 신선한 유기농 채소들에도 감탄을 금치 못했지만 이보다 더 큰 충격으로 다가온 것은 음식을 삶의 일부로 여기는 그들의 태도였다. 한국에서 국자로 맞으며 일한 그에게는 깜짝 놀랄 일이 아닐 수 없었다. 접시는 음식을 담아내는 용도로만 사용한다고 생각하는 한국의 분위기와 달리 접시에 그림을 그린다는 자세로 음식을 담아내는 네덜란드 사람들의 음식에 대한 태도는 그의 요리 세계에 상당한 영향을 미치게 된다.

네덜란드 연수를 통해 새로운 감각과 실력으로 중무장한 뒤 한국으로 돌아왔지만 그의 동료들은 하나둘 호텔을 떠나고 있었다. 그동안 쌓아온 경력으로 자신만의 레스토랑을 차린 사람도 있었고, 대학에 강의를 나가는 사람도 있었다. 이러한 상황에서 그도 진로를 진지하게 고민하지 않을 수 없었다.

"언제까지 호텔에 있을 건가?"

"적당할 때 치고 나가서 가게를 차려야지 언제까지 여기에서 버틸 수 있을 거라고 생각해?"

사람들은 그가 호텔을 떠나지 않자 걱정스러워했다. 특히 자신만의

4가지 종류의 애피타이저

레스토랑을 차린 동료들이 승승장구한다는 소식을 들을 때마다 더더욱 그러했다. 하지만 그는 호텔만 고집했다. 갖은 유혹을 받을 때마다 그는 지독하다고 할 정도로 주방에서만 생활했다.

"요리가 적성에 맞는다, 요리에 남다른 감각이 있다는 것은 배부른 얘기입니다. 꾸준히 나만의 일을 하다보니 저도 모르는 사이에 끼와 재능이 생기고 여기에 재미와 열정이 더해진 겁니다."

2000년 11월, 서상호는 마침내 우리나라 대표 호텔인 신라호텔의 총주방장 자리에 오른다. 하얀색 조리복이 입고 싶어 조리계에 입문한 지 30여 년이 지난 지금 수백 명의 요리사가 그를 기다리지만 그는 언제나 그랬듯이 같은 시각에 자판기 커피를 들고 주방 안으로 들어선다. 그러고는 어김없이 그날 다룰 식재료들을 꼼꼼히 살핀다.

처음 품었던 생각을 끝까지 실천하는 것처럼 어려운 일은 없다. 서상호 셰프는 바빠서 좌절할 수도, 남들처럼 다른 곳을 바라볼 여유도 없었던 시절 늘 주방을 지켰다.

높게 올라간 조리모, 하얀색 앞치마, 불길과 싸우는 요리사의 모습…… 총주방장이 되는 것은 요리사들의 꿈이다. 해마다 전국에서 요리 관련 학과를 졸업하는 초보 요리사들의 수는 수백 명에 이른다. 이들은 대부분 부푼 꿈을 안고 서울의 특급호텔로 향한다. 하지만 호텔 주방에서 단 한 명만 존재하는 총주방장이 되는 일은 그리 호락호락하지 않다.

호텔 총주방장이 되었다고 모든 것이 해결되는 것은 아니다. 요리사가 조리를 수행해야 한다면 총주방장은 한 기업의 수장인 CEO와 비교해도 부족함이 없기 때문이다. 트렌드를 파악하여 모든 업장의 고객 기호를 관리해야 하며, 제공하는 음식과 서비스의 품질을 일정 수준으로 유지하는 것은 단순히 요리사의 직무를 넘어서는 일이다. 그렇기 때문에 총주방장은 요리사로서 기술적 기능을 갖춰야 함은 물론 경영, 경제, 정치 등 다양한 분야의 지식을 습득해야 한다.

서상호 셰프는 한 곳만 바라보며 30년을 쉬지 않고 달려왔다. 한국 최고 요리사가 되고자 했던 그의 근성은 결국 그를 한국 최고 호텔 총주방장에 오르게 만들어주었다. 하지만 그는 여전히 현재에 만족하지 않는다. 새로운 트렌드를 찾으려는 그의 도전은 여전히 계속되고 있다.

와인의 황제
로버트 파커와 만나다

와인 월간지 〈와인 애드버킷Wine Advocate〉의 발행인이자 비평가인 로버트 파커Robert M.Parker Jr.는 1978년에 이제까지의 와인 평가에서는 볼 수 없었던 와인 포인트를 제시했다. 학교에서 학생들에게 점수를 주는 방식을 응용한 '파커 포인트'는 100점 만점으로 구성되어 있으며 모든 와인은 50점부터 점수를 매긴다.

와인의 품질을 잘 알지 못하던 대중은 '파커 포인트'가 생기면서 와인을 손쉽게 판별할 수 있게 되었다. 특히 그는 객관성을 유지하기 위해 어떤 와인생산자와도 연계하지 않는 독립적인 자세를 취했고 이는 전체 와인의 품질을 높이는 데 기여했다.

1982년, 로버트 파커가 전 세계적으로 유명하게 된 사건이 벌어진다. 그해 보르도 와인에 대하여 많은 와인평론가들은 좋지 않은 빈티지라고 결론 내렸지만 파커는 상당히 뛰어난 빈티지라고 극찬했다. 결국 1982년 보르도 와인은 품질을 인정받아 판매량이 늘었고 이를 통해 그는 이름을 전 세계적으로 알리게 되었다.

파커는 혁명가다. 전통적인 등급을 무시하고 직접 와인을 맛보기 때문이다……. 현재 전 세계에서 가장 영향력 있는 비평가다.

〈애틀랜틱 먼슬리Atlantic Monthly〉

2008년 5월 31일, '와인의 황제', '살아 있는 와인 교과서' 등 온갖 수식어로도 설명하기 힘든 금세기 최고의 와인평론가 로버트 파커가 우리나라에 왔다. 와인이 수백만 원짜리 명품이 될지, 싸구려가 될지 결정하는 막대한 영향력을 지닌 파커의 방한은 와인시장이 급속히 성

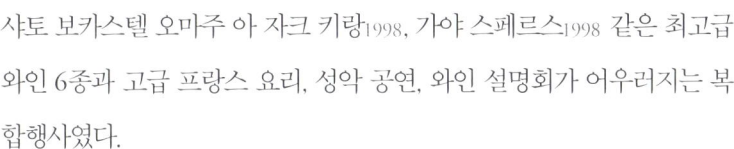

장하던 우리나라에서 대단히 고무적인 일이 아닐 수 없었다.

이 행사는 샤토 보카스텔 라 미숑 오 브리옹1989, 샤토 보카스텔 오마주 아 자크 키랑1998, 가야 스페르스1998 같은 최고급 와인 6종과 고급 프랑스 요리, 성악 공연, 와인 설명회가 어우러지는 복합행사였다.

행사가 열리기 몇 달 전, 서상호 셰프는 와인 리스트를 한 장 받았다. 이번 행사의 최고급 와인에 맞게끔 음식을 준비해달라는 것이었다. 와인 한 병에 최고 500만 원, 1인당 참가비만 무려 100만 원이었다. 회사원들의 한 달 월급을 훌쩍 뛰어넘는 가격으로 최고의 요리와 와인을 즐기는 초대형 특급 프로젝트였다.

로버트 파커가 선정한 갈라디너 와인

와인 이름(빈티지)	와인 가격(로버트 파커 점수)
볼랭제 스페셜 퀴베 뒤(샴페인)	12만 6,000원
가야 스페르스(1998)	92만 7,000원(98점)
샤토 보카스텔 오마주 아 자크 키랑(1998)	154만 원(100점)
샤토 보카스텔 라 미숑 오 브리옹(1989)	500만 원(100점)
토브릭 럭닉(2004)	41만 7,000원(99점)
테일러스 빈티지 포트(2000)	32만 7,000원(98점)

그는 리스트를 받아들고 주저하지 않았다. 곧바로 갈라디너를 진행하기 위한 계획을 세웠다. 이번 디너 행사에서 가장 초점을 맞추어야 할 부분은 '와인'이었기에 그는 로버트 파커가 선정한 와인 각각이 가지고 있는 특유의 맛과 향을 어떻게 음식을 통해 살려낼지를 고민하기 시작했다.

"음식의 맛도 중요하지만 와인 갈라디너이기 때문에 와인의 맛을 최대한 살려내는 것이 관건이었습니다. 한국적인 미를 최대한 살리는 동시에 와인 고유의 맛을 살리기 위해 수없이 반복해서 맛을 찾았습니다."

서상호 셰프는 갈라디너의 음식을 돋보이게 해줄 '접시'를 찾는 일에도 공을 들였다. 한국적인 색이 최대한 많이 들어간 접시를 찾는 일이 그가 이 행사에서 가장 중요하게 생각하는 것이었다. 식기를 전문적으로 만드는 곳에서 남대문시장의 그릇시장까지 발로 뛰어가며 수백 가지 그릇을 본 뒤 마침내 마음에 드는 접시를 고를 수 있었다. 며칠 후 '로버트 파커 와인 갈라디너' 메뉴가 완성되었다.

성대한 파티가 시작되고 최고 와인에 음식이 곁들여지자 사람들은 그 맛의 조합에 만족을 금치 못했다. 푸아그라의 촉촉하고 감미로운 맛에 와인의 쌉쌀한 맛이 스며드는 환상의 조화, 보드라운 육질을 씹을 때 곁들이는 달콤한 와인의 맛, 후식으로 밤요리까지 준비한 모든 음식이 와인의 맛을 더욱 도드라지게 해주었다.

today's menu

트러플* 에그 카스터드

캐러멜 라이즈 푸아그라 체리 콤포트

페리구 소스를 곁들인 와규** 안심 스테이크

두 가지 스타일의 블루치즈와 천연 벌꿀집, 치즈 무스와 복숭아조림

밤 테린***과 초콜릿 아이스크림

*트러플 truffes: 송로버섯. 푸아그라(거위간), 캐비어(철갑상어알)와 함께 세계 3대 진미로 꼽힌다.
**와규 wagyu: 일본 흑우. 일본 토종 흑우와 여러 외래종을 교배해 만든 소로 뛰어난 육질을 자랑한다.
***테린 terrine: 무스 형태로 만든 음식 재료를 모양 틀에 부어서 익힌 요리

　함께한 로버트 파커 또한 "한국적인 식재료와 조리기법을 이용한 환상적인 매칭이다"라고 평함으로써 서상호 셰프의 진가를 다시 한 번 확인시켜주었다.

　사람들은 천재 화가 피카소의 그림을 보며 그의 재능을 부러워한다. 하지만 타고난 재능을 부러워하기에 앞서 그가 재능을 얻기 위해 노력한 세월을 읽어낼 수 있어야 하지 않을까. 그가 한 장의 그림을 그리기 위해 찢었던 수많은 캔버스, 수만 번의 붓질이 그의 재능을 만

들어주었다는 사실을 말이다.

서상호 셰프도 마찬가지다. 그가 창의적인 음식을 만들어내고 성대한 파티를 성공적으로 마칠 수 있었던 것은 연회를 준비하기 위해 수많은 밤을 지새우며 와인과 음식의 조합을 맞춰본 노력의 결과다.

누구에게나 기회는 온다. 하지만 다가온 기회를 알아보고 자신의 것으로 만들 준비를 해놓는 것은 자신의 몫이다. 그리고 기회가 왔을 때 일을 더 잘해내야만 그 사람의 진정한 실력이 드러난다. 성공하는 사람들은 운이 좋은 것이 아니라 실력이 좋은 것이다. 실력은 한순간에 만들어지지 않는다. 칼질 한 번 더 하는 아주 사소한 것들이 쌓여야 비로소 최고가 될 수 있다는 것을 서상호 셰프를 통해 다시 한 번 확인할 수 있다.

소금에서
단맛을 찾다

번화가에 나가보면 젊은 여성들이 너나 할 것 없이 금방이라도 부러질 것 같은 킬힐에 미니스커트를 입고 거리를 활보하고 있다. 불과 얼마 전까지만 해도 빈티지 패션이 유행했고, 밀리터리 룩이 유행하여 젊은 여성들이 군복 무늬 옷을 즐겨 입던 시절도 있었다.

한때를 풍미하는 패션 트렌드처럼 요리에도 트렌드가 있다. 우리나라의 경우 특히 대중의 트렌드 선호도가 높아 특정한 요리기술이 유행하면 요리사들은 너나 할 것 없이 그 요리를 따라 하고 자신의 레시피에 반영하는 등 노력을 기울인다.

최근 유행한 '분자요리Molecular gastronomy, 음식의 질감과 조직, 요리과정을 과학적으로 분석해 새로운 맛과 질감을 개발하는 일련의 활동을 말한다' 역시 이러한 트렌드에서 벗어날 수 없는 화두 가운데 하나다. 한 예로 청담동의 한 레스토랑에서는 액화질소를 이용하여 실제와 똑같은 사과 모양의 디저트를 만들기도 했으며, 파프리카 진액을 뽑아 젤처럼 만들어 구슬 모양 음식을 만들기도 했다. 1988년 프랑스 화학자 에르베 티스와 헝가리 물리학자 니콜라스 쿠르티가 요리의 물리, 화학적 측면에 대한 국제 워크숍을 준비하던 중 이 분야에 적합한 이름을 짓는 과정에서 '분자 물리 요리학 Molecular and Physical Gastronomy'이 탄생했다. 1998년 쿠르티가 사망한 뒤부터는 좀 더 간결한 용어인 '분자요리학'이 널리 퍼지게 되었다.

이처럼 대중이 트렌드에 민감하고, 셰프로서 대중의 입맛에 신경 쓸 수밖에 없다면 어떤 요리사라도 한 번쯤 분자요리에 관심을 둘 수밖에 없을 텐데 서상호 셰프는 분자요리를 한 번도 시도하지 않았다.

"음식에서 모양도 중요하고 색깔도 중요하지만 무엇보다 우선해야 하는 것은 '맛'입니다. 맛의 본질을 찾으려면 먼저 식재료의 중요성을 생각해보아야 합니다. 가장 맛있는 음식은 식재료 본연의 맛을 잘 살

려낸 음식이기 때문입니다."

요리를 시작한 지 10여 년이라는 세월이 흐르자 그의 요리 마인드도 변하기 시작한다. 이전까지 화려한 요리와 기교 있는 맛을 보여주려고 노력했다면 10여 년이 지난 어느 순간부터는 '요리의 참맛을 어떻게 살리느냐' 하는 고민이 그를 지배하게 되었다.

수많은 나날을 고민하던 그가 내린 결론은 '식재료'였다. 위대한 요리는 훌륭한 식재료의 맛을 가장 잘 살려내는 것이라는 사실을 깨닫게 된 순간이었다. 그날 이후 그는 화려한 데커레이션 기술보다는 식재료 본연의 맛을 찾아 전국 방방곡곡을 돌아다녔다.

그가 가장 먼저 찾은 곳은 전라남도 신안의 바닷가였다. 신안의 염전을 찾은 그는 그곳에서 요리의 가장 기본이 되는 소금의 맛에 대해 새로운 고민을 시작했다. 소금이 만들어지는 과정에서부터 결정의 크기에 따른 맛의 차이, 보관기간에 따른 차이 등을 비교하면서 곰소, 신안 일대를 주말마다 찾았다.

그러던 어느 날 염전에 쪼그리고 앉아 혀에 소금을 얹고 가만히 맛을 보는데 짠맛이 쓴맛으로 변하더니 마지막에는 은은한 단맛이 느껴졌다.

'아하⋯⋯ 이 맛이구나!'

그의 입에서는 탄식이 터져 나왔다. 작은 소금 알갱이에서 비로소 맛의 본질을 찾아낸 것이다.

"식재료마다 강약이 있습니다. 요리사는 강약을 조절하며 요리해야 합니다. 최고 음식은 가장 신선한 재료를 사용하여 재료 본연의 맛을 이끌어낸 것이라고 생각합니다."

'최고의 조미료는 소금이다'라는 말이 있듯이 그날 이후 그는 요리의 굵은 선을 깨달았다고 한다. 소금을 어떻게 사용하느냐에 따라 음식의 맛은 확연히 달라진다. 음식을 만들기 전 단계에서 접시에 담아내는 마지막 단계까지 소금은 음식을 만드는 데 가장 기본적인 재료다. 푸르스름하게 익어가는 생선에 뿌리는 소금은 생선의 맛을 표면으로 끌어내어 생선살을 한층 더 탄력 있게 만들어준다. 오랜 시간 고아놓은 곰탕에 소금을 살짝 뿌리면 작은 소금 덩어리가 은은하게 배어들어 한층 더 부드러운 맛을 내준다. 이처럼 결국 맛은 정적인 것이 아니라 역동적인 것이다.

'소금의 맛은 짜다'고 단순히 생각하겠지만 실제로 각기 다른 지역에서 생산되는 소금은 강하게 지속되는 짠맛의 세기가 제각각이다. 이렇듯 어떤 지역에서 생산되는 식재료의 맛이 어떻게 다른지를 분명히 파악하는 것은 맛을 다루는 사람의 필수조건이다. 하지만 실제로 이러한 모든 요소를 유연하게 관리하기는 어렵다.

소금을 다룬다는 것은 요리 전체의 간을 맞출 능력이 있다는 의미이기도 하다. 짠 소금에서 느껴진 단맛. 결국 그가 알아낸 것은 소금의 맛이 아니라 맛의 본질이었다.

배움은
요리사의 숙명이다

점심 영업 후 저녁을 준비하기 위해 분주한 주방 한쪽에서 서상호 셰프와 요리사 두 명이 잠봉Jam bon, 가공하지 않은 돼지고기 햄 요리을 먹으며 이야기를 나누고 있다. 조식에 나갈 새로운 메뉴로 잠봉을 만들었지만 이번에도 서상호 셰프의 맛의 기준에는 미치지 못했나보다. 지금까지 여러 번 만들었지만 경쟁 호텔에서 먹었던 그 맛이 느껴지지 않았기 때문이다.

다음 날 아침, 서상호 셰프는 요리사들과 함께 경쟁 호텔에 가서 다시 잠봉을 먹었다. 셰프의 생각을 읽어서일까? 함께한 요리사들도 날카롭게 맛을 추론했다.

"염분이 더 많이 들어간 듯합니다."

"드라이할 때 온도를 조금 낮추는 것이 어떨까요?"

"주사기에 소금물을 채워 깊숙이 넣는 것도 괜찮을 듯싶습니다."

이날 세 요리사는 벤치마킹을 통해 얻은 내용을 토대로 다시 한 번 잠봉을 만들어본다. 몇 번이고 같은 작업을 반복하느라 지칠 법도 하지만 그들의 열정은 하면 할수록 더 타오르는 듯했다. 며칠이 지난 뒤 기어코 경쟁 호텔에서 맛보았던 잠봉의 맛을 만들어내고 나서야 그들의 벤치마킹은 마무리되었다.

이렇게 신라호텔 업장보다 맛있는 음식이 있는 곳이라면 서상호 세프는 어느 곳이든 찾아가 맛보길 주저하지 않는다. 1999년 신라호텔의 외부업장인 '탑 클라우드'를 오픈하기에 앞서 그는 이탈리아, 싱가포르, 미국, 타이, 스페인, 영국 등 무려 15개국의 레스토랑을 돌며 메뉴 개발을 연구할 정도로 맛에 대해서는 초연하다.

"자신이 부족하다는 사실을 아는 것이 중요합니다. 그리고 그 부족함을 인정하는 것은 더 중요합니다. 자신의 부족함을 인정하는 자세가 바로 자신을 한 단계 더 성장할 수 있게 만들어주기 때문입니다."

아침부터 밤늦게까지 바쁘게 주방생활을 하면서도 그는 손에서 책을 놓지 않는다. 주방 안에서 이루어지는 업무는 장기간 연마를 거쳐 익힐 수 있지만 이론적인 공부 또한 요리사의 길이라고 생각하기 때문이다. 이러한 성실함은 결국 그가 석사학위를 받게 해주었다. 그의 배움은 단지 학문적인 것에만 그치지 않았다. 그는 어떠한 것이라도 자신이 배워야 하는 것이 있으면 고개를 숙였다.

"요즘 요리를 배우는 친구들은 '왜 매일 똑같은 일을 반복합니까?' 라고 묻습니다. 그들은 학교에서 매번 다른 요리를 배웠고, 주방에서도 그럴 줄 알았다는 것이죠. 왜 식당에서 같은 일만 반복하냐고요? 이유는 단순합니다. 하나를 제대로 숙달하기 위해서 그런 겁니다."

음악의 신동이라 불리는 모차르트를 평할 때 사람들은 그를 천재라고 단정 짓는다. 물론 모차르트는 다섯 살 때부터 작곡을 할 정도로 천부적인 재능을 지니고 있었다. 하지만 그의 피나는 노력과 연습은 천재성을 뛰어넘었다. 모차르트는 친구에게 이러한 내용의 편지를 보내기도 했다.

"관객들은 대부분 내가 너무나도 쉽게 작곡한다고 생각하네. 단언컨대 나만큼 음악에 많은 시간과 무수한 열정을 바친 사람이 있는가? 아마도 없을 것이네. 나는 곡을 하나 완성하기 위하여 수십, 수백 번 듣고, 지우고, 쓰는 일을 반복한다네."

하나의 요리를 완벽하게 익히기 위해 꾸준히 노력했던 서상호 셰프. 하나의 곡을 완벽하게 만들기 위해 지우고 쓰는 일을 반복했던 모차르트. 성공하는 사람들에게 배워야 할 것은 천재성이 아니다. 신이 그들의 이마에 키스를 했건 안 했건 중요한 것은 그들이 자신의 일을 꾸준히 계속했다는 것이다. 신의 키스 자국은 금방 지워지지만 노력하는 자의 땀방울은 오랜 시간 흔적을 남긴다.

요리사는 30년이 지나야
자신만의 요리를 가진다

신라호텔 파크뷰, 프렌치 레스토랑 콘티넨탈, 이탈리아식당 라폰 티나를 거쳐 퓨전 레스토랑 탑 클라우드 총주방장에 이르기까지 30여 년 동안 서상호 셰프는 프렌치 요리사였다. 이렇게 서양요리의 대가인 그가 최근 들어 유독 관심을 가지는 부분이 있으니 바로 '한식韓食'이다. 한국 최고의 프렌치 요리사로서 확고한 지위를 구축한 그가 자신의 요리에 한식을 접목하기 시작한 것이다.

요리를 시작한 지 10년이 지나면 요리를 볼 수 있는 눈이 생기고, 20년이 지나면 자신이 담아내는 음식에 자신만의 색깔이 보이며, 30년이 지나면 자신의 요리를 갖는다는 말이 있다.

"제가 한식을 한다고 말할 수 있겠습니까? 한식을 제대로 하기 위해서는 세월과 시간이 있어야 합니다. 한식은 발효 음식이기 때문입니다. 예를 들어 장아찌의 깊은 맛과 세월이 느껴지는 김치의 맛을 단 시간에 만들 수 있을까요? 다양한 맛을 분별해내고, 여러 식재료를 같이 조합하고 그러한 것을 토대로 맛있는 음식을 담아내는 것이 제가 지금까지 전문적으로 음식을 한 사람이기에 가능하지 않나 하는 생각이 듭니다. 요리를 잘 보는 사람이 좋은 요리를 이끌어낼 수 있지 않을까요?"

　서상호 셰프는 한식에 본격적으로 관심을 나타내기 시작한 이후 한
식을 체계적으로 정리할 필요성이 있다고 확신했다. 한식의 맛에는
시간과 정성이 차지하는 비중이 높긴 하지만 한식이 국내외적으로 입
지를 굳히기 위해서는 표준화된 자료가 있어야 한다고 생각했기 때문
이다. 그래서 시작한 것이 한국 음식을 한 단계 더 높게 브랜드화하기
위한 '한식의 명품화 프로젝트'다.

　2005년 우리나라 구석구석을 둘러보기로 마음먹은 서상호 셰프는
'한식의 명품화 프로젝트'를 시작하면서 가장 먼저 전라남도 땅끝 마
을로 향했다. 그곳의 재래시장을 돌면서 어떠한 식재료와 전통음식이
있는지 살펴보기 위해서였다. 그의 고향인 경상도에서는 볼 수 없었
던 새로운 식재료들을 찾을 수 있었고, 전라도 사람들의 넉넉한 상차
림 문화도 자연스럽게 느낄 수 있었다.

　한식 명품화의 요체를 식재료의 고급화라고 생각한 그는 생선, 어
패류, 나물 등 우리나라 고유의 식재료에 대한 데이터를 모았다. 소금,
간장·장류, 젓갈, 김치까지 한식에 사용하는 기본 식재료를 조사하면
서 한식을 표준화할 수 있는 메뉴 60가지를 선정하여 레시피, 요리 사
진, 단계별 사진으로 새롭게 정리했다.

　이렇게 정리된 자료들을 바탕으로 《The Food of KOREA》라는 책
을 완성했다. 이 책에는 한국 음식의 기원, 전통 식재료 그리고 레시피
까지 한국 음식에 관한 모든 것이 자세하게 소개되어 있으며 책의 모

든 글은 영문으로 썼다. 한국을 찾는 외국인들에게 한국 음식을 소개할 수 있는 초석을 마련한 것이다.

이런 과정을 통해 한국 음식이 가지고 있는 일명 '손맛'이 아니라 구체적으로 '몇 그램이 들어갑니다'라는 식의 표준화된 레시피를 외국인에게 설명할 수 있었다. 그는 또한 세련되고 명품화한 한식 메뉴를 정부 행사나 고급 연회에서 사용했다.

노자는 '거거거중지去去去中知 행행행리각行行行裏覺'이라 했다. 가다보면 도중에 알게 되고, 행하고 또 행하면 행하다가 깨닫게 된다는 뜻이다.

한번 일을 시작했으면 그 일이 끝날 때까지 한계를 뛰어넘는 질문을 매일 던지며 스스로 만든 한계에 직접 부딪쳐야 한다. 성공은 가장 빛나는 곳으로 나아가기 위해 힘겹지만 한발 한발 내딛는 사람에게 돌아가는 법이다.

요리는 환상이 아니라 정직한 것이라고 말하는 서상호 셰프. 그가 하나하나 단계를 거쳐 지금의 자리에 올라선 것처럼 요리에도 각각 단계가 있는 듯하다.

새벽부터 저녁까지 하루 종일 주방에서 요리 이야기만 해도 여전히 요리가 좋다는 그는 신라호텔에서 은퇴하면 뉴욕이나 로스앤젤레스 같은 대도시에서 최고 레스토랑을 내고 싶어 한다. 누구나 훌륭한 요리사가 될 수는 있지만 최고 요리사는 아무나 될 수 없기에 지금 그가 더 돋보이는 것은 아닐까.

요리, 아트가 되다
이민, 해비치호텔 총주방장
,

1985년 경주 호텔학교
1986년 조선호텔 입사
1996년 독일 요리올림픽(Cold: 은메달, Hot: 동메달)
2001년 조선호텔 총주방장 선임
2003년 조선호텔 식음팀 이사 선임
2005년 조리사 최초로 신세계그룹 임원 선임
2005년 부산 APEC 정상회담 영부인 만찬과 누리마루 만찬 진행
2009년~현재 해비치호텔 총주방장

"요리는 예술이다.
고로 요리사는 예술가다."

Lee Min　　2008년 10월, 국내 요리계를 들썩이게 한 사건이 있었다. 요리계의 피카소라 불리는 '피에르 가니에르Pierre Gagnaire'가 '피에르 가니에르 서울'을 오픈했기 때문이다.

피에르 가니에르는 미식가들의 천국이라고 불리는 파리 중심에 위치한 호텔 발자크Hotel Balzac에 자신의 이름을 딴 '피에르 가니에르'를 운영 중이며 세계 최고 레스토랑에게 주어지는 미슐랭 3스타를 몇 번이나 받은 스타 셰프다.

이러한 그가 서울의 중심, 그것도 지금까지의 국내 프렌치 레스토랑을 비웃기라도 하듯 국내 최고 프렌치 레스토랑인 '나인스게이트 * 팝코트' 바로 옆 건물에서 가게 문을 연 것이다.

롯데호텔 35층에 피에르 가니에르 레스토랑이 들어서자 조선호텔의 나인스게이트로 눈길이 쏠렸다. 그도 그럴 것이 유통업계 라이벌인 신세계와 롯데가 보이지 않는 신경전을 펼치고 있는 상황에다 바로 몇 미터 떨어지지 않은 곳에 세계 최고 셰프가 왔으니 한쪽에서도 지켜볼 수만은 없는 상황이었기 때문이다.

모두들 과연 어떤 스타 셰프가 나인스게이트 주방의 새 수장이 될

지 궁금해 했다. 고든 램지Gordon Ramsay, 테츠야, 장조지 등 이름만 들어도 알 만한 유명 요리사들의 이름이 거론되었다.

몇 달 동안 진행된 나인스게이트 리노베이션이 마무리되었다. 전면의 통유리를 통해 보이는 환구단과 고즈넉이 정돈된 정원은 세계 어느 레스토랑과 비교해도 밀리지 않을 한국적인 아름다움을 만들어 냈다.

이 레스토랑을 책임질 셰프를 발표할 시간이 다가왔다. 수많은 기자들과 호텔 직원들에게조차 철저히 비밀로 해온 총주방장의 이름이 마침내 발표되었다. 그는 바로 '이민 셰프'였다.

조선호텔을 23년 동안 이끈 천재 요리사 이민. 그가 100년 가까운 전통을 지닌 국내 최고 프렌치 레스토랑을 책임질 총주방장으로 선정된 것이다. 해외 유명 스타 셰프를 기대했던 사람들은 모두 의아해 했다. 수많은 외국 셰프가 나인스게이트를 거쳐 갔기에 당연히 호텔 총주방장은 외국 셰프가 책임져야 한다는 인식이 팽배했기 때문인지도 모른다. 또 많은 기업이 브랜드 셰프를 영입하던 시기당시 단지 보여주기 위해 외국 문물을 마구 받아들이고 있었다였기 때문에 한국 셰프가 총주방장이 되었다는 것은 요리업계에서도 깜짝 놀랄 일이었다.

하루에
열두 끼를 먹다

"마지막 안내방송입니다. 이민 고객님은 빨리 탑승하시기 바랍니다."

"자, 잠깐만요!"

장내에 비행기 탑승을 재촉하는 마지막 방송이 울려 퍼지고 게이트를 철수하려는 순간 멀리서 하얀색 조리복을 입은 사람이 헐레벌떡 뛰어 들어왔다.

나인스게이트 재오픈을 앞두고 레스토랑을 좀 더 한국적인 스타일로 바꾸기 위해 이민 셰프는 시급히 새로운 메뉴를 개발해야 했다. 가장 한국적이면서도 정통 프랑스 요리의 테크닉을 이용한 메뉴를 만들어내기 위해 그가 찾은 곳은 미국 로스앤젤레스였다. 다양한 민족이 어우러져 사는 로스앤젤레스의 레스토랑 메뉴를 살펴보면 어떠한 점들이 그들의 문화에 녹아들었는지, 어떠한 스타일이 사람들에게 만족감을 주는지 알 수 있으리라 생각했기 때문이다.

하지만 그에게 주어진 시간은 그리 많지 않았다. 레스토랑 오픈이 임박한 시점에서 그가 할애할 수 있는 시간은 하루밖에 없었다. 서울에서 로스앤젤레스까지 비행시간만 10시간이 넘으니 하루에 레스토랑 열두 곳을 조사한다는 것은 상식적으로 불가능한 일이었다. 하지만 그는 포기할 수 없었다.

　오전 10시 30분에 로스앤젤레스 공항에 도착한 이민은 미리 조사해둔 레스토랑으로 직행했다. 처음 예약해놓은 곳은 프렌치 레스토랑이었다. 기본적으로 고객이 오면 주문을 받고 메뉴가 나오기까지 시간이 한참 걸리지만 그는 그럴 시간이 없었다. 주문을 받는 웨이터에게 수프부터 디저트까지 모든 메뉴를 한번에 달라고 재촉했다. 잠시 후 의아한 표정으로 지배인이 나왔다.

　"무엇이 문제인지요. 저희 레스토랑에서 마음에 들지 않는 부분이라도 있으신지요?"

　작은 동양인이 들어와서 값비싼 코스요리를 한번에 내놓으라니 사정을 모르는 지배인이 레스토랑에 불만이나 불편한 점이 있는지 직접 확인하러 나온 것이다. 자초지종을 설명하자 지배인은 그제야 알았다는 듯 고개를 끄덕였고 모든 음식을 한번에 내주었다.

　그렇다고 그가 음식을 대충 맛본 것도 아니다. 애피타이저에는 무슨 소스가 들어갔는지, 드레싱과 채소의 조합은 어떤지, 메인 메뉴로는 어떠한 것들을 준비했는지 등 레스토랑의 모든 것을 짧은 시간에 파악하려고 노력했다. 어떠한 콘셉트로 음식과 인테리어를 조화시켰는지, 종업원들의 서빙 능력은 어느 정도인지도 적었다.

　첫 번째 레스토랑을 방문하고 밖으로 나오면서 시계를 들여다보니 벌써 40분이 흘렀다. 서둘러 택시를 타고 다음 레스토랑으로 이동하

이민 셰프가 접시에 그림을 그리듯 섬세한 손길로 마무리 작업을 하고 있다. 맛은 혀가 아닌 눈으로 먼저 즐긴다.

6

며 준비해온 자료들을 챙겼다. 그는 일정이 빽빽한 만큼 미리 꼼꼼하게 레스토랑 정보를 정리했다.

전반적인 메뉴와 셰프 그리고 주소와 위치까지 기입되어 있는 서류를 들여다보며 그는 순차적으로 레스토랑을 방문했고, 맛을 일일이 기록하기를 반복했다. 마찬가지로 다음 레스토랑에서도 식사가 나오기가 무섭게 음식을 먹어치우며 다음 음식을 달라고 재촉했다.

그러고는 마지막에 들른 샌드위치 가게에서 샌드위치 20여 개를 포장하여 호텔로 가지고 왔다. 짐도 풀지 못한 침대 위에서 그는 방금 사온 샌드위치를 하나씩 맛보며 맛을 기록하고 사진 찍기를 반복했다.

그렇게 샌드위치 하나하나를 맛보며 화장실 들락거리기를 여러 차례, 기어이 모든 샌드위치의 맛을 분석한 뒤에야 그는 펜을 내려놓았다.

그는 이렇게 만든 자료를 토대로 새 메뉴를 선보였고, 결국 나인스게이트의 성공으로 이어졌다.

"요리사가 다양한 음식을 맛보는 것은 중요합니다. 직접 먹어보고 실제로 그와 같게 만들어보아야 비로소 자신의 맛으로 가질 수 있습니다."

요리사는 끊임없이 배워야 한다. 음식을 만드는 것뿐만 아니라 어떤 재료가 조화를 이루고 영양 면에서 궁합이 맞는지, 어떤 와인이 맛을 더욱 풍부하게 해주는지 하나도 빼놓을 수 없다. 결국 맛에 대한 끊임없는 탐구와 갖가지 식재료를 다루어본 경험에 따라 더 창의적인 음식을 만들어낼 수 있는 것이다.

다양한 경험은 이제 요리사에게 필수조건이 되었다. 체크무늬 바지와 하얀 가운을 똑같이 입은 사람들이 같은 주방에서 같은 음식을 만들어내더라도 각각 다른 요리가 접시에 놓인다. 진정한 요리사가 되기 위해서는 자신만의 보이지 않는 자산Invisible Asset을 개발하는 것이 중요하다.

포장마차 주인에서
호텔 총주방장이 되기까지

천재 요리사라고 불리는 이민 셰프. 그가 처음부터 요리에 뜻을 둔 것은 아니다. 사실 그가 요리를 시작하게 된 계기는 그를 둘러싼 환경 때문이었다. 고등학교를 졸업하고 어머니가 돌아가신 뒤 방위산업체에 근무하면서 받는 월급은 고작 10만 원 남짓이었다. 이 돈으로 두 동생을 돌보기에는 턱없이 부족했다.

그래서 시작한 포장마차는 청년 이민이 먹고 살기 위한 최후의 수단이었다. 음식을 만드는 손재주가 좋았던 이유도 컸다. 포장마차를 처음 시작했을 때는 여느 포장마차들과 비슷한 음식을 팔았다. 어묵, 먹장어, 닭발, 꼬치를 비롯한 술안주가 주를 이루었다.

생계를 위해 시작했지만 매일 저녁 문을 열어 새벽까지 이어지는 포장마차 일은 너무 힘들었다. 메뉴를 준비하고 테이블을 치우고 옮기는 등 자질구레한 일까지 혼자서 다 해야 했기에 몸이 열 개라도 모자랄 지경이었지만 그는 묵묵히 자신이 선택한 길을 걸어갔다.

낯설게만 느껴졌던 포장마차 일도 시간이 지나면서 익숙해질 무렵, 포장마차를 찾는 고객들 사이에서 음식이 맛있다고 인정받기 시작했다. 옆 가게와 똑같은 메뉴도 그가 만들어내는 음식이 더 맛있었으므로 고객들을 끌어 모으는 것은 시간문제였다. 비록 포장마차였지만 그는 자신만의 음식을 만든다는 생각으로 새로운 메뉴를 개발했고, 종종 친구가 낚시로 잡아온 생선으로 매운탕을 맛있게 끓여내기도 했다.

저녁 장사를 위해 미리 어묵꼬치를 수십 개씩 만들어놓는 다른 가게들과 달리 이민은 철저히 그날 팔 분량의 어묵만 준비했고 이것들은 고스란히 맛으로 이어졌다. 이는 '하루 벌어 하루를 연명하는' 목표의식이 없던 다른 가게들과 달리 그의 포장마차가 유달리 장사가 잘된 결정적 이유였다.

어느 날 그를 지켜보던 친구가 관련 학교에 진학하여 진정한 요리사의 길로 들어서는 것이 어떻겠느냐며 그에게 호텔학교에 입학하라고 권유했다.

"민아, 경주에 호텔학교를 만든다는데 거기 지원해보는 것이 어떻겠니?"

"뭐? 호텔학교?"

온종일 일에만 매달렸지만 학업에 대한 미련은 항상 그의 가슴을 짓누르고 있었다. 언젠가는 더 배워야겠다는 신념은 그의 가슴을 쿵쾅거리게 하기에 충분했다. 친구의 진심어린 충고를 계기로 그는 경주 호텔학교에 지원했고 얼마 후 합격 통지서를 받았다.

하지만 호텔학교 생활은 생각보다 훨씬 더 힘들었다. 경주 호텔학교는 그때까지만 해도 이론 위주 교육이 아니라 실습이 주가 되는 교육을 했다. 그리고 요리뿐만 아니라 호텔 현장에서 부딪치는 모든 것을 가르쳤다. 고객 서비스 부문에서 영어까지 현장에서 바로 통할 수 있는 교육을 실시했다.

호텔학교 강사진도 파격적이었다. 호텔에서 근무하던 뛰어난 요리사들과 지배인들을 교수로 임용하였으며, 학생 한 명당 실습비용으로 무려 1,000여 만 원이 지원되었으니 최상의 식재료를 다룰 수 있었던 것은 두말할 필요도 없다.

그렇게 시작한 호텔학교 생활 1년 동안 이민은 스파르타식 교육을 받으며 이론적 · 실무적으로 한층 더 탄탄하게 실력을 쌓을 수 있었다. 피나는 노력 덕분인지 그는 경주 호텔학교를 수석으로 졸업하는 영광도 얻었다. 그러고는 곧장 조선호텔 조리팀에 입사했다.

수습기간이 지나고 그가 배치받은 곳은 '베이커리'였다. 호텔 내 제과제빵을 다루는 부서에서 1년 동안 디저트 만들기와 제빵 기술을 전반적으로 배웠다. 손기술이 있었기에 곧잘 따라 하고 능력도 인정받았지만 그가 정말 배우고 싶었던 것은 서양음식이었다.

이러한 간절함 때문이었는지 그는 베이커리에서 일을 마친 뒤에도 시간만 나면 식재료를 공부하고 책을 찾아보면서 밤을 새우곤 했다. 그리고 양식당 선배들을 찾아가 이것저것 물어보면서 얼굴을 익히기도 했고, 외국에 다녀오는 지인들에게 요리책을 사다달라고 부탁할 정도로 열정을 쏟았다.

그러던 어느 날 호텔 내 채용 게시판에 양식당에서 요리사를 구한다는 공고가 붙었다. 그 소식을 들은 이민은 곧장 월터 로이홀드 총주방장에게 달려갔다.

"베이커리 업장에서 양식당으로 옮기고 싶습니다."

"자네는 평가도 괜찮고 열심히 하는 것으로 알고 있는데 혹시 선배들 때문인가? 그런 이유라면 내가 책임지겠네."

당시만 해도 베테랑 선배들이 갓 들어온 후배들을 괴롭히는 일이 있었기에 총주방장은 그런 일 때문에 옮기려 한다고 짐작한 것이다. 총주방장은 시간이 지나면 괜찮아질 것이라고 격려했다. 하지만 총주방장의 생각과 달리 당돌한 청년의 입에서 나온 말은 이랬다.

"I want to be like you!"

조리 사무실에는 잠시 침묵이 흘렀다. 로이홀드 총주방장은 초롱초롱한 눈빛의 젊은이를 한참 동안이나 쳐다보았다. 그로부터 일주일

후 이민은 당대 최고 양식당인 'Yesterday'로 발령받았다. 그가 그토록 원하던 서양요리의 길에 들어선 것이다.

그때 그가 총주방장에게 자기 생각을 분명하게 전달하지 않았다면 아마 지금의 그는 없었을지도 모른다. 짧지만 모든 것을 함축한 한마디가 포장마차를 운영하던 젊은이를 우리나라 최고 호텔 총주방장으로 올라서게 만드는 계기가 된 것이다.

이민은 호텔에 들어오면서부터 총주방장이 되겠다는 꿈을 품었다. 하얀색 조리복에 박혀 있는 'Executive Chef'라는 단어를 매일 읊조리면서 총주방장에 대한 동경과 환상을 버리지 않고 어떻게 하면 그 자리에 올라설 수 있을지 고민했다. 그렇게 매일 조금씩 자신이 한 일을 피드백했고, 그러한 경험을 발판삼아 결국 그는 총주방장 자리에 오른다.

남들과 비슷한 일상에서 막연하게 성공을 바라는 것은 어리석은 짓이다. 하루 종일 핑크빛 성공만 생각하는 것으로는 꿈을 이룰 수 없다. 목표를 위해, 꿈을 이루기 위해서라면 지금 당장 내가 해야 할 일이 무엇인지 명확하게 한 뒤 한 걸음씩 나아가야 한다.

힘든 상황에서도 꿈을 향해서라면 단호하게 결단해야 한다. 일단 목표를 정하고 나면 그다음은 좀더 쉬워지기 때문이다. 그리고는 목표를 향해 조금씩 나아가기만 하면 된다.

요리사 손끝에서
예술이 창조되다

인간의 감각 중 가장 예민한 것은
미각이라고 한다. 특히 예술적 감각을 타고
난 미술가들의 미각이 무척 까다롭다. 유명한 정신
과 의사는 미술가들의 미각이 수많은 예술가 중에서 가장 날카롭고
섬세할 것이라고 말하기도 했다. 실제로 우리에게 알려진 유명한 화
가 가운데는 미식가가 많다. 그들의 작품에서도 음식에 대한 영감을
쉽게 찾아볼 수 있는데 그들에게 미각은 단순히 맛의 차원을 넘어 영
감을 주는 모티프가 되기 때문이다.

"요리는 누구나 할 수 있다Anyone can Cook."

2007년 개봉한 디즈니 만화영화 〈라따뚜이〉에 나오는 프랑스 최고
요리사 구스토는 영화에서 이렇게 말했다. 요리는 누구나 할 수 있지
만 프로의 세계로 들어오면 이야기는 달라진다. '돈'을 받고 '요리'라
는 물건을 판매할 때 '맛'이라는 필수조건이 따라붙기 때문이다. 더구
나 대중의 삶의 질이 높아지면서 그들에게 만족을 주는 요리를 한다
는 것이 점점 더 어려워지고 있다.

실제로 하얀 접시에 자신만의 색깔이 가득한 요리를 담아내는 것은
쉽지 않다. 이민은 경주 호텔학교에서 1년간 스파르타식 조리교육을

받았지만 그건 어디까지나 요리를 하기 위한 기본기에 불과했다. 학교를 수석으로 졸업한 뒤 국내 최고 호텔에서 근무하게 되어 자신감이 충만하던 시기였지만 총주방장이 요리하는 모습을 본 순간 자신의 부족함을 절실히 깨달았다.

주방의 막내부터 최고 자리에 오른 셰프들까지 땀을 비 오듯 흘렸고, 하루 종일 화장실도 제대로 가기 힘들 만큼 바빴지만 그러한 상황에서도 외국인 총주방장은 매번 국내 요리사들과는 차별화된 요리를 만들어냈다. 똑같은 재료로 요리해도 좀더 감각적인 데커레이션과 맛으로 고객들의 입맛을 사로잡았다. 셰프는 식재료의 천국이라 불리는 프랑스에서 어릴 적부터 다양한 음식을 먹으며 조리교육을 체계적으로 받았기 때문이다.

요리를 배우기는 커녕 체계적으로 먹고살기 위해 남들보다 늦게 요리에 입문한 이민의 경우에는 이러한 과정이 더 어려울 수밖에 없었다. 이러한 상황에서 그가 할 수 있는 일은 남들보다 하나라도 더 많이 익히는 것밖에 없었다. 그날 이후 그는 닥치는 대로 요리와 관련된 모든 것을 배우기 시작했다. 자신이 몰랐던 것, 처음 보는 것이라면 때와 장소를 가리지 않고 질문했으며 다양한 레시피를 알기 위해 노력했다.

하지만 모든 노력도 부족한 창의력을 채우기에는 한계가 있었다. 어떻게 하면 화가가 편안하게 그림을 그리듯 능숙하게 식재료를 접시에 담아낼 수 있을까? 이 단순한 명제를 놓고 몇날 며칠을 고민했다.

그러던 어느 날 책을 보다가 책 표지에 나온 한 단어에 눈길이 갔다.

"Classic cooking the modern way." 〈Culinary art〉

몇 달치 월급을 모아 지인을 통해 구입한 이 책은 그가 몇 페이지에 무슨 내용이 있는지 알아맞힐 정도로 너덜너덜해질 때까지 몇 번이고 읽은 뒤였다. 그 책 표지에 나와 있는 'Culinary art요리'라는 단어를 본 순간 그는 깨달았다.

"요리는 예술이다. 고로 요리사는 예술가다."

이후 이민은 다양한 방법으로 교양을 쌓아나갔다. 클래식 연주회가 열리는 공연장을 찾아 감미로운 선율을 듣기도 하고, 유명 화가들의 전시회장을 찾아다니며 하루 종일 그림만 미친 듯이 바라보기도 했다. 요리와 직접 관련이 없지만 문화, 예술을 통해 감수성을 키우기로 한 것이다.

처음에는 오케스트라 연주에서 별다른 감흥을 느끼지 못했지만 시간이 지날수록 지휘자의 의도가 파악되었고, 하나가 되어 화음을 이뤄가는 악기와 연주자들도 보이기 시작했다. 또 맛있는 음식을 소재로 한 드라마나 요리를 다루는 영화는 물론, 요리를 주제로 한 다큐멘터리도 빼놓지 않고 보았다.

바닷가재요리

이렇게 노력을 기울인 지 몇 년이 지났을 때 서서히 내면에 숨겨져 있던 감수성이 음식에 나타나기 시작했다. 자신도 알지 못했던 요리 색깔이 서서히 자리 잡히기 시작했고 이런 노력은 고객들에게 고스란히 맛으로 전해졌다.

오늘날 요리는 기술이라고 인정받지만 이민 셰프는 요리를 예술이라고 말한다. 많은 경쟁자들이 훌륭한 기술을 습득하기 위해 노력할 때 이민 셰프는 요리와는 무관해 보이는 음악, 미술, 스포츠 등 다양한 분야에서 경험을 쌓는 데 소홀히 하지 않았다. 그를 보면 성공하기 위해서는 자기 분야에만 치중하는 것이 아니라 문학, 역사, 철학을 아우르는 다양한 지식과 경험이 얼마나 소중한지 알 수 있다.

We are
the one team

이민 셰프가 나인스게이트를 책임지고 가장 먼저 한 일은 주방 안의 사람들과 밖의 사람들을 통합하는 것이었다.

호텔은 주방을 책임지는 조리팀Culinary team, 호텔의 전반적인 예약을 관리하고 고객을 처음 맞이하는 서비스팀Service team, 레스토랑을 관리하는 식음팀F&B team 세 부분으로 나뉜다. 최고 레스토랑이 되기 위해서는 이 중 식음팀과 조리팀의 호흡이 잘 맞아야 한다. 식음팀은 홀에서 오가는 고객의 소리를 주방에 바로바로 전달해야 하고, 주방에서는 그에 맞게 충실히 음식을 만들어야 하기 때문이다.

전쟁에 비유한다면 식음팀은 최전방에서 싸우는 병사이고 조리팀은 후방에서 그들의 의견과 목소리를 제대로 전달하고 적재적소에 사용할 수 있는 무기를 만들어내는 기술자이다. 바쁜 시간에 주문서가 동시에 밀려들어오면 주방에서는 그 속도에 맞춰 음식을 신속하게 만들어내야 한다.

레스토랑에서는 대부분 식음팀과 조리팀이 독립되어 있기 때문에 서로 의사소통하면서 애를 먹는 경우가 많다. 예를 들어 식음팀에서 얼토당토않은 메뉴를 주문받아 올 수도 있으며 고객이 주문한 메뉴를 주방에 잘못 전달하는 경우도 잦다.

반대로 주방에서 주문한 음식의 간을 제대로 맞추지 않거나 주문한 뒤 시간이 많이 지났는데도 음식을 내보내지 않을 경우 고객과 직접 부딪치는 서비스 직원들이 고객의 화를 대신 받을 수밖에 없다. 이처럼 레스토랑 안에서 벌어지는 다양한 일 때문에 식음팀과 조리팀이 원활하게 돌아가기는 쉽지 않다. 큰 레스토랑일수록 관리하는 직원도 많아지기 때문에 사고가 더 많이 발생하는 것은 말할 것도 없다.

레스토랑을 최적의 상태로 운영하기 위해서는 식음팀은 메뉴를 주문받으면서 고객의 기호를 파악하는 것이 중요하다. 고객이 어떠한 음식을 좋아하는지, 어떠한 음식을 싫어하는지 고객 정보를 적절히 잘 파악해야 하며 이를 주방에 있는 요리사들이 알 수 있게 해야 한다. 레스토랑을 자주 찾는 단골고객의 기호가 어떠한지 알아서 그들의 의견과 목소리를 주방에 적절히 전달하면 주방에서는 주문받은 음식을 더욱 맛있게 만들어낼 수 있다.

이민은 레스토랑을 최고로 만들기 위해 어떠한 것을 먼저 해야 할지 곰곰이 생각해보았다. 조리팀과 식음팀의 편안한 관계, 당연하게 느껴지는 이 관계가 레스토랑의 핵심이었다.

그는 기존의 주방과 식음팀의 딱딱한 관계를 벗어던지고자 주방에서 만들어내는 모든 메뉴를 식음팀에게 시식하도록 했다. 그리고 새로운 메뉴를 출시할 때마다 일일이 식음팀의 반응을 묻고 귀를 기울였다. 그도 그럴 것이 주방에서 맛있다고 생각하는 메뉴도 실제 음식

을 먹는 고객들에게서 어떠한 반응을 얻을지 가장 잘 아는 사람들은 바로 식음팀이기 때문이다.

"음식을 만드는 것은 요리사이지만 음식을 판매하는 것은 식음팀입니다. 최고의 레스토랑이 되려면 요리팀과 식음팀이 호흡을 잘 맞추는 것이 가장 중요합니다."

이제까지 보지 못한 조리팀의 처우에 처음에는 의아해 하던 식음팀도 서서히 변하기 시작했다. 고객의 반응을 하나하나 기록해 조리팀에게 전달하고, 음식을 서빙할 때도 요리에 대하여 좀더 심도 있게 설명하면서 고객의 이해를 이끌어냈다.

이렇게 노력한 결과 레스토랑의 수익은 전년에 비하여 눈에 띄게 향상되었다. 이러한 노력을 바탕으로 이민은 조리팀 출신 최초로 식음팀 이사에 오르는 영광을 얻기도 했다. 요리하는 사람만이 요리를 알 것이라는 고정관념에서 벗어나 배울 것이 있다면 어디에서라도 배워야 한다는 이민의 요리 철학이 들어맞는 순간이었다.

그가 팀을 이뤄 성과를 거둔 것은 이것이 처음이 아니다. 1996년 열린 독일 요리올림픽에서도 그는 진가를 발휘했다. 다섯 명이 한 팀을 이뤄 출전한 요리올림픽에서 그는 자신의 주 종목인 'Hot part뜨거운 요리 부분'를 포기하고 'Cold part차가운 요리 부분'로 도전한다. 국제요리대회는 Hot part와 Cold part로 나뉘어 있는데, 이는 전문적인 호텔 업무에 맞춰 출전할 수 있게 구성했기 때문이다. 이민은 Hot part에서 몇 년 동안 근무했지만 요리 올림픽을 위해 자신의 전문분야가 아닌 Cold part로 출전한 것이다.

Hot part는 메인 음식을 포함한 뜨거운 음식을 담당한다. 여기에는 메인 음식을 만들기 위해 필요한 각종 소스도 포함된다. 예를 들어 '와인 소스를 곁들인 양갈비'처럼 무겁게 먹을 수 있는 음식이 이에 속한다.

이와 반대로 Cold part는 차가운 음식을 만들어내는 파트로 주로 샐러드와 드레싱을 담당하며 연회나 뷔페에 나가는 카나페Canape. 손가락 으로 집어 한 입에 먹을 수 있는 요리를 다양하게 담아낸다. 이처럼 확연히 다른 메뉴를 다루기 때문에 자신이 소속되어 있지 않은 분야로 출전하는 것은 사람들의 이목을 집중시키기에 충분했다.

"각 분야 전문가들이 모여 만든 팀이었기에 제가 어느 분야로 출전 하느냐는 크게 문제되지 않았습니다. 다만 Cold part를 과감히 선택한 것은 대회를 준비하면서 다시 처음으로 돌아가 새로운 마음으로 새 영역을 배울 수 있으리라 믿었기에 그랬지 않았나 생각합니다."

각 분야 최고 셰프들이 모였지만 대회를 준비하면서 이들이 들인 노력은 상상을 초월한다. 무엇보다 살인적인 스케줄이 최대 난관이었다. 그들은 낮에는 기존 업무를 충실히 하면서 업무가 끝난 후 매일 저녁 대회를 준비했다. 매주 금요일 저녁에는 밤새 대회에 나갈 음식을 똑같이 만든 뒤 토요일 오전에 평가받는 일을 반복했다.

대회가 임박할수록 연습 강도는 더욱 강해졌다. 단체전으로 출전하기 때문에 한 부분이라도 소홀히 할 수 없었다. 자신의 메인 분야가 아닌 차가운 요리에 승부수를 던진 이민 셰프에게는 더욱더 혹독한 시간이었다. 하지만 그는 주어진 환경에서 할 수 있는 한 최선을 다하려고 매순간 노력했다.

이미 실력을 인정받았지만 그는 자신이 만든 음식에 대하여 최대한 많은 사람에게서 피드백을 받고 싶었다. 아무리 잘 만든 음식도 고객을 만족시키지 못하거나 자신이 미처 보지 못한 부분이 있는지 항상 의문을 품었고, 고객과 철저히 소통해 부족한 부분을 채워나갔다. 이런 노력이 통했는지 그는 결국 독일 요리올림픽에서 은메달을 받았다.

사람들은 대부분 꿈을 가지고 있으면서도 '과연 될까?' 하는 생각에 현재 자신에게 부족한 것만 탓하고 정작 행동으로 옮기지 않는다. 하지만 성공한 사람들을 살펴보면 불리한 조건을 이겨내기 위해 쉼 없이 달려 한계를 극복했고, 고정관념에서 벗어나기 위해 끊임없이 노력했다. 이러한 노력이 따르지 않고는 결코 꿈을 이룰 수 없다.

성공한 사람들은 자신이 할 수 있는 범위에서 안주하지 않는다. 늘 새로운 영역으로 일을 크게 벌인다는 공통점이 있다. 이민 셰프는 상황을 개선할 질문을 끊임없이 던지고 고정관념에서 벗어나기 위해 스스로 대답하는 과정을 거쳤기에 그러한 성과를 얻을 수 있었던 것이다.

가장 한국적인
요리사

today's menu

톳 샐러드, 참깨-유자 드레싱의 문어 카파치오와
미소 향의 가리비 구이

매생이 덤플링과 토마토 & 다시마 육수의 홍도미 구이

스타아니스 향의 레드 와인에 절여 6시간 익힌 횡성 한우 갈비구이

오미자 젤리, 바닐라 빈 파나코타, 레몬 글라스 아이스크림

"셰프 님, 디너에 톳_{다년생 해조류로 맛이 좋아 식용으로 쓰며 특히 칼슘과 철분이 풍부하게 함유되어 있다}을 사용하나요? 비린 맛이 너무 나지 않을까요?"

"톳에 참깨와 유자를 1:1로 갈아서 만든 드레싱을 곁들인 뒤 문어 카파치오_{Carpacio, 날로 먹는 이탈리아 요리}와 함께 내면 돼."

저녁 행사를 치르기 위해 메뉴를 구성하던 주방에서 독특한 메뉴가 또 하나 만들어졌다. 참깨와 유자를 잘 섞어서 고소하면서도 시큼한 맛이 나는 소스, 제주도 사람만 아는 톳나물, 다시마 육수를 곁들인 홍

해비치 호텔의 내부전경

전복 리조또를 곁들인 농어구이

도미 구이, 횡성에서 공수해온 1++ 등급 한우 갈비, 새콤달콤한 오미자 젤리까지 그의 요리를 보면 한식 재료가 즐비하다. 많은 사람이 그를 두고 국내 최고의 프렌치 요리사라고 하지만 그는 자신이 가장 한국적인 요리사라고 자부한다.

사실 천재 요리사라고 불리지만 그가 처음부터 독특한 식재료를 다양하게 사용할 수 있었던 것은 아니다. 2005년 이민은 요리에 다양한 한국적 식재료를 사용하기 위해 전국을 돌아다니기 시작했다. 요리를 한층 더 탄탄하게 해줄 수 있는 것은 한국적인 맛이었고 그 맛을 얻기 위해서라면 숨겨져 있는 맛을 찾아야 했기 때문이다.

"아직도 서양 식재료를 사용해야 한다는 선입견이 있는 사람들도 일부 있지요. 우리 고유의 식재료는 다양합니다. 우리 식재료의 특성을 잘 파악하여 밸런스를 염두에 두고 사용한다면 서양 음식 조리에 아주 좋다고 생각합니다. 예를 들어 우리나라 각 지방 특산 쇠고기들에 맞는 조리법과 양념 등을 사용하여 조리한다면 고객들에게 특별한 맛을 제공할 수 있지 않겠습니까?"

하지만 이민이 선택한 곳은 거창한 농장이나 해안의 큰 양식장이 아니라 소박한 시골 장터였다. 진도의 홍주, 제주의 유채기름, 남당리 갯벌의 해물 등 시골을 돌아다니며 그곳에서만 느낄 수 있는 맛을 경험했다. 서울에서는 찾기 힘들었던 식재료를 눈으로 확인하고, 현장에서 맛보는 것은 요리 이상의 영감을 주었다.

진도의 홍주를 이용한 드레싱, 유채기름 샐러드 등 눈에 보이는 것들이 그의 손을 거치면 새로운 음식으로 만들어졌다. 또 시골 장터에서 다양한 사람들과 어울리면서 생생한 현장의 맛을 느낄 수 있었고 실제로 이렇게 익힌 맛은 그의 요리 세계를 한층 더 탄탄하게 구축해주었다.

물론 이렇게 익힌 맛을 양식 기술과 접목하기는 상당히 어려웠다. 삭힌 홍어를 사용하거나 젓갈 등 자극적인 한식 재료들을 사용하는 것은 여간 까다로운 일이 아니다. 어떻게 하면 홍어 고유의 맛은 살리면서 사람들에게 호감을 주는 맛을 낼 수 있을지 몇 번이고 요리를 반복해 만들면서 연습했다.

이렇게 노력한 것들이 쌓여 결국 자신만의 요리 스타일을 확고히 만들게 되었고, 이러한 노력이 바탕이 되어 그를 가장 한국적인 프렌치 요리사로 만들어주었다.

성공한 사람들을 자세히 들여다보면 그들의 삶에는 성공보다 실패가 더 많았다. 그들은 '실패를 두려워하지 않는 자만이 성공할 수 있다'라는 간단한 명제를 대변할 뿐이다. 사람들은 살면서 실패를 많이 한다. 그럴 때마다 차분히 실패를 되돌아보아야 한다. 그리고 다음에는 어떻게 하면 성공할 수 있는지 행동으로 보여야 한다.

지금 이민 셰프가 한번에 접시 위에 훌륭한 요리를 담아낼 수 있는 것은 음식을 많이 만들어보고 다양한 식재료로 연습한 시간이 쌓였기 때문이다. 어느 날 갑자기 자신만의 요리를 담아낼 수는 없다. 항상 현재 위치에서 '난 할 수 있어', '다음엔 어떻게 할까?' 하는 구체적인 질문을 마음속에 되새기고 답하고자 노력해야 한다. 우리는 실패를 통해 다양한 경험을 하거나 교훈을 얻을 수 있다. 그리고 그 실패로 얻은 교훈은 성공으로 가는 길을 열어주는 열쇠가 된다.

요리사로 성공하려면 자기 인생을 남들과 비교해서는 안 된다. 요리사는 어떤 직업보다도 특별하기 때문이다. 하루 종일 불과 싸워야 하고 오랜 시간 자질구레한 일들을 해야 할지도 모른다. 하지만 이러한 과정을 거쳐 성숙한 요리사가 탄생한다.

스물두 살 때 시작해 지금까지 요리사의 길을 걸어온 이민 셰프에게서는 여전히 열정이 묻어난다. 시간이 흐르면 열정이 식게 마련인데 요리사라는 꿈을 이뤄온 그의 열정은 점점 더 뜨거워지는 듯하다.

미슐랭의 별을 버리다
이만식, 벨라치타 총주방장

1979년 부산 조선비치호텔 셰프
1984년 소피아 엠베서더 셰프
1988년 힐튼호텔 셰프
1989년 밀라노호텔 셰프
　　　　아이보리디아(미슐랭 3스타)
　　　　마라캐이지(미슐랭 3스타)
　　　　쟈니노(미슐랭 3스타)
1992년 조선호텔 셰프
1997년 안나비니 총주방장
2003년~현재 벨라치타 총주방장

Lee Man

"식재료 맛을 강조하는 이탈리아 요리를 접한 순간
나는 운명처럼 이탈리아 요리에 푹 빠졌다.
그리고 모든 것을 비우고 다시 시작했다."

Lee Man Sik 당장이라도 멈춰 서려는 자신과 싸워가며 한 발 한발 힘겹게 정상에 올랐다. 이 순간 처음으로 돌아가 정상까지 다시 올라야 한다면 이보다 더 참담한 일이 있을까. 이렇듯 모든 걸 다 이룬 사람이 돌연 부와 명예를 던지고 다시 시작한다는 건 드라마에서나 있음직한 일이다.

그러나 독하다고밖에 표현할 수 없을 만큼 자기가 일궈놓은 자리에 안주하지 않고 새로이 도전을 선택한 사람이 있다. 바로 벨라치타의 이만식 셰프다. 힐튼호텔을 거쳐 미식가들에게 호평을 얻고 있는 안나비니의 총주방장 자리에 올랐지만 그는 꿈을 이루기 위해 그 자리를 미련 없이 버리고 나왔다. 이만식 셰프는 과연 어떤 사람일까?

파스타와
사랑에 빠진 남자

가리비 조개와 팽이버섯으로 맛을 낸 스파게티, 알래스카 산

연어를 넣은 파파델레, 포르치니버섯을 넣은 사프란 소스의 탈리아텔레 등 파스타 종류만 10여 가지. 여기에 안티파스토와 스테이크까지 합치면 메뉴는 50개가 훌쩍 넘는다.

"사프란 탈리아텔레 하나, 오리소스 링귀니 둘!"

이제 막 들어온 주문서를 받아든 셰프가 크게 외친다. 모시조개, 대합, 전복, 바지락, 슬라이스된 양송이버섯, 양파, 새우 등 다양한 식재료가 있지만 한 치의 망설임도 없이 바로 각각의 메뉴에 맞는 재료를 꺼내든다. 이 정도 레벨이 되려면 단순히 눈으로 보는 것만으로는 불가능하다. 수없이 경험을 쌓아 음식에 대해 인지해야 한다.

파스타의 맛은 타이밍이 좌우한다고 해도 과언이 아니다. 팬을 올려 불을 붙이고 오일을 뿌리는 순간, 조개를 넣고 화이트 와인을 뿌려 조개가 입을 벌리도록 하는 순간, 시간에 맞춰 끓여낸 파스타 면발을 팬에 넣고 잘 볶아내는 순간까지 타이밍이 맞아야 하며, 요리사는 그 순간을 적절히 이용해야 한다.

이러한 타이밍은 요리사의 감각으로 제어할 수 있는데, 단순히 반복한다고 해서 얻어지는 것이 아니라 식재료의 성질과 맛의 조화를 잘 이해하고 있어야 한다. 그래야 원하는 맛을 그대로 만들어낼 수 있다. 그리고 파스타를 맛있게 만들려면 무엇보다 '파스타를 사랑'해야 한다.

모든 메뉴의 재료를 손질하려면 주방은 언제나 아침부터 분주하다.

살아 숨 쉬는 조개는 해감해야 하고 느타리버섯은 손으로 잘 찢어야
한다. 한쪽에서 식재료를 손질하고 있으면 옆에서는 박력 있게 면을
반죽한다. 꼬불꼬불한 푸실리에서 소라 모양의 콘킬리에, 시금치 물
을 들인 페투치니까지 면을 뽑느라 분주하다.

　식사시간을 알리는 벨이 울리고 주문이 밀려들기 시작하면 가스버
너 위로 여러 개의 팬이 올려진다. 여기서부터는 머릿속으로 상상해
보자.

　팬이 적당히 달궈지면 올리브오일을 살짝 두른 뒤 얇게 썬 마늘을
볶는다. 여기에 모시조개를 넣고 화이트 와인을 곁들인 뒤 뚜껑을 덮
는다. 모시조개 육즙이 흘러나와 시뻘건 불꽃이 생길 때쯤 미리 익혀
둔 면을 넣고 볶아내면 맛있는 봉골레 파스타가 완성된다.

　땀을 뻘뻘 흘리며 정성껏 만든 파스타가 접시에 놓이는 순간 이만
식 셰프의 얼굴에 미소가 떠오른다. 사랑하는 이를 위해 만들 듯 정성
이 가득한 음식이다. 파스타는 이탈리아에서는 흔히 맛볼 수 있지만
맛있는 파스타를 먹기는 쉽지 않다.

모든 것을 버리고
이탈리아로 가다

주방의 직급은 크게 넷으로 나뉜다. 총주방장Executive Chef, 각 단위업장의 주방장Sous Chef, 조리장Chef de Partie이 있고 그 아래로 파트별 요리사로 이루어져 있다. 총주방장은 주방 업무의 총괄적 관리자로 새로운 메뉴를 개발하고 각종 식자재 구매·발주를 총괄 담당하며 호텔 조리부서의 구심점 역할을 하는 가장 중요한 권한과 책임을 지닌다.

각 단위업장의 주방장인 수셰프는 총주방장을 보좌하고 각 단위 주방을 책임지고 이끌어가는 부서장으로, 실무 조리에서 가장 중요한 책임과 권한을 지닌 주방장이다. 또 총주방장과 고객 사이에서 중요한 교량 역할을 하는 주방장이므로 시장의 흐름과 고객의 기호 변화에 가장 민감하게 대처해야 한다. 주방 인원을 적재적소에 배치하며 각종 교육과 훈련, 경쟁 호텔의 영업 상황을 파악하여 '셰프 추천 메뉴, 이벤트 메뉴' 등과 같은 메뉴 계획에도 참여해야 한다.

1988년 힐튼호텔에서 수셰프의 자리에 있던 이만식은 돌연 이탈리아행 비행기에 올랐다. 당시 국내 최고 이탈리아 식당인 '일폰테'에서 근무했지만 이탈리아는 처음 가보았다. 호텔에서 외국인 셰프에게 이탈리아 요리 전반에 대해 배웠지만 그는 요리를 하면 할수록 이탈리아 현지의 파스타 맛이 궁금했다. 크림을 넣는 양, 잘 익은 토마토의

맛, 다양한 파스타 면까지 모든 것을 다시 배우고 싶었다.

"이탈리아의 파스타 맛이 궁금했습니다. 국내로 들여온 식재료를 바탕으로 비슷하게 만들 수는 있지만 현지와 똑같은 맛을 만들어낼 수는 없었기 때문입니다."

파스타를 만들 때마다 궁금했던 '이탈리아의 맛'을 찾기 위해 떠나는 연수에 그가 거는 기대는 매우 컸다. 그가 처음 근무하게 된 곳은 미슐랭 3스타 레스토랑 '라칸드레'였다. 파도바와 베니스 사이에 위치한 이곳은 유명 인사들이 즐겨 찾는 지역 최고 레스토랑이다. 그렇게 유명한 곳에서 연수를 시작한 그는 무척 바쁜 스케줄을 소화했다.

모든 주방이 그렇겠지만 하루 중 주방에서 가장 바쁜 시간은 아침 식재료 정리 시간이다. 요리사별로 자신이 주문한 식재료의 수량과 신선도를 확인해야 하며, 간혹 배송되지 않은 식재료가 있으면 다시 주문하는 등 언성이 높아지는 일도 잦다. 이탈리아 최고 레스토랑 라칸드레 주방에서도 예외는 아니었다.

다들 분주하게 식재료를 준비하는데 주방문이 열리며 누군가 들어왔다. 주방의 모든 이들을 긴장하게 만드는 식재료 공급업자였다. 매일 아침 신선한 식재료를 주방에 한가득 쌓아놓으면 그때부터 주방은 그야말로 전쟁터가 된다.

흙이 그대로 묻어 있는 감자와 당근, 보는 것만으로도 향기가 느껴질 정도로 파릇한 파슬리, 손으로 듬성듬성 뜯은 듯한 양송이버섯, 핏기가 가시지 않은 돼지뒷다리 등 주방은 순식간에 식재료로 가득 찬다. 머리보다 높게 쌓인 식재료 상자들을 풀어헤쳐 큰 트레이_{주방에서 사용하는 큰 기물}에 빠른 시간 안에 옮겨 담는 일은 그들에게 매일 아침 치르는 통과의례였다.

호텔 주방의 지위 체계는 군대보다 더 엄격하다. 불과 칼을 다루는 곳이라서 잠시만 긴장을 풀어도 바로 사고로 이어지기 때문이다. 또 값비싼 식재료를 다뤄야 하기 때문에 각각 실력에 맞게 직급이 나뉘어 있다. 주방의 계급이 세분화된 이유는 '일률성'과 '효율성' 때문인데 모든 고객에게 품질이 일정한 음식을 빠르게 제공하기 위해서다. 예약하지 않은 고객들이 갑작스럽게 몰려들더라도 자신이 맡은 부분에서 일을 제대로 해내면 음식이 체계적으로 완성된다.

한 레스토랑에는 셰프가 한 명 있고 그 밑으로 부주방장과 파트별 주임 조리사가 있다. 여기서 다시 찬 요리 담당 주임 요리사, 더운 요리 담당 요리사 등으로 나뉘며, 주임 요리사 아래는 퍼스트_{first}, 세컨드_{second}, 서드_{third} 쿡_{cook}으로 나뉜다. 물론 때에 따라서는 견습 요리사와 실습 요리사도 둔다.

라칸드레에서 연수를 시작한 지 일주일이 되었지만 이만식은 여전히 아침 7시가 되기도 전에 주방에 들어오는 식재료들을 일일이 확인했다. 그러고는 하나라도 놓칠 새라 수첩에 빼곡히 식재료 정보를 적었다. '아티초크', '엑스트라 버진 올리브오일', '트러플', '천연 치즈'

등 식재료 점검에서 메뉴 만드는 법까지 익히다보면 어느덧 마지막 고객이 빠져나가고 늦은 밤이 되곤 했다.

다른 사람이 보기에 무식하다고 할 정도로 미련하게 일했지만 그는 불평 없이 늘 즐거워했다. 그도 그럴 것이 이곳에서 보는 모든 것이 새롭게만 느껴졌기 때문이다.

국내에서는 한 종류밖에 없을 거라고 생각했던 토마토가 이곳에 와서 보니 종류도 다양하고 개성 있는 맛과 향만큼 토마토 요리도 다채로웠다. 이러한 식재료들의 맛을 정확하게 알려면 직접 먹어보는 수밖에 없었다. 식재료 이름을 하나씩 기억하고 맛보고 수첩에 기록하는 일을 반복하며 한국의 식재료와 맛이 어떻게 다른지, 또 이러한 식재료로 어떠한 메뉴를 만들어내는지 확인했다.

물론 이러한 과정이 쉽지는 않았다. 노련한 요리사들이 버티고 있는 곳에서 동양인 요리사가 분주한 주방 안을 샅샅이 뒤지고 다니니 좋아할 리 없었다. 궁금한 것이 생겨 물어보면 퉁명스럽게 대꾸하는 식으로 텃새를 부리기도 했다.

하지만 한국에서 산전수전 다 겪었기에 그만한 일쯤 충분히 각오한 터였다. 오히려 그들이 퉁명스럽게 대꾸할 때마다 활짝 웃으며 집요하다 싶을 정도로 더 물어보았다.

그러한 이만식의 열정이 전달되었는지 시간이 지나자 그곳 셰프들은 차츰 그에게 따스한 눈길을 보내기 시작했다. 요리를 만들다가 그

신선한 해산물을 곁들인 파스타

를 불러 맛을 보게 하고, 전통음식을 만들 때는 차근차근 설명하면서 자세히 가르쳐주기도 했다. 언어는 유창하게 구사하지 못했지만 요리사만이 느낄 수 있는 뜨거운 열정이 고스란히 전달된 것이다. 이를 통해 그는 이탈리아 요리 전반에 걸쳐 '이탈리아의 맛'을 파악할 수 있었고 이는 결국 그가 우리나라 최고의 이탈리아 요리사로 발돋움하는 계기를 만들어주었다.

요리는
즐거운 일이다

이만식은 풍부한 해산물이 넘쳐나는 항구도시 부산에서 태어났다. 매일 아침 어시장을 뛰어다니며 펄떡이는 생선, 뻐끔뻐끔 숨을 쉬는 싱싱한 조개를 보면서 노는 것이 일상이었다. 해산물을 한가득 실은 배가 항구에 들어올 때면 그것들을 구경하느라 늦은 밤까지 항구를 서성이기도 했다.

최고의 이탈리아 요리를 만드는 이만식이 요리를 처음 배운 곳은 아이러니하게도 중국집이었다. 그가 열네 살이 되던 해였다. 당시 그에게 요리는 '행복'이 아니라 살기 위해 꼭 해야만 하는 '수단'이었다. 일하는 동안 그의 머릿속에는 '지금은 내가 이것밖에 할 수 있는 일이

없다. 하지만 남들보다 더 잘해야지'라는 생각밖에 없었다. 비록 물질
적으로는 어려웠지만 긍정적인 성격이 남들보다 한 발 더 뛸 수 있게
해준 것이다.

"정말 이를 악물고 열심히 했습니다. 남들이 욕해도 죽을 각오로 일
했죠. 그래도 요리하는 것이 즐거웠습니다. 어린 제게는 고통스러운
나날이었지만 제 손을 거쳐 만들어지는 음식을 통해 또 다른 즐거움
을 느낄 수 있었습니다."

환경은 어려웠지만 그의 오감을 채워준 것은 자기 자신이었다. 그
는 모든 식재료를 항상 어린아이 같은 호기심을 가지고 대했다. 처음
본 식재료는 맛을 보고 그 맛을 기억하기 위해 노력했다. 그러던 어느
날, 그가 본격적으로 요리사의 길로 들어서게 되는 계기가 생긴다. 부
산 조선비치호텔의 조리팀 직원으로 채용된 것이다. 이곳에서 그는
말 그대로 갖은 고생을 다했다.

처음 1년 동안은 식재료에 손도 대지 못하는 신세였다. 하루 종일
접시를 닦으며 주방에 필요한 물품을 옮기는 일을 했다. 힘들었지만
그는 어깨너머로 선배들이 요리하는 모습을 훔쳐보며 자신도 언젠가
꼭 저 자리에 오르겠다고 마음먹었다.

그렇게 1년여의 견습시절이 끝나자 식재료를 본격적으로 다루는 단
계에 접어들었다. 산더미같이 쌓여 있는 양파와 감자의 껍질을 벗기
는 등 자질구레한 일은 모두 막내 몫이었다. 주방에서 벌어지는 온갖

사소한 일 또한 그의 몫이었다. 선배들이 고기를 굽기 전 미리 불판을 달궈놓는 일에서 재료를 정선해놓는 일까지 주방이 효율적으로 돌아갈 수 있도록 그는 한시도 긴장을 늦추지 않고 동분서주하며 멀티 플레이어가 되어야 했다.

그릇 닦는 일부터 샐러드 파트를 거쳐 불판 요리를 하기까지 힘든 생활이 연속되었지만 그는 묵묵히 요리사의 길을 걸었다. 선배들에게는 조용한 후배였지만 궁금한 게 있으면 시도 때도 없이 캐묻는 꽤 성가신 후배이기도 했다.

그는 주방에서 이루어지는 모든 일을 수첩에 빼곡히 정리해두었다. 기름을 얼마나 붓는지, 튀김 반죽은 한번에 얼마나 만드는지, 발사믹 와인을 몇 분 정도 졸이는지……. 아주 사소한 것이라도 몰랐던 새로운 정보를 알게 되는 즉시 잊어버릴세라 빼놓지 않고 적어놓았다. 그에게 요리는 '배움을 넘어 즐거움'이었다.

모든 것을 비우고 다시 시작하다

이만식은 1979년 부산 조선비치호텔 부서장이 된 뒤 엠베서더 호텔 요리장을 맡게 되었다. 5년 동안 기본기를 확고히 쌓은 그는 본격적으로 프로 요리사의 길을 걷는다. 채소 다루는 법에서 고기를 정육하는 방법까지 어느 것 하나 소홀히 하지 않고 익혔다. 그리고 이러한 기본기를 토대로 다양한 레시피를 섭렵하기 시작했다. 똑같은 소스를 만들더라도 자기 입맛에 가장 '맛있다'라고 느껴질 만한 맛을 찾아냈고, 그 맛을 기억하기 위해 몇 번이나 연습했다.

그렇게 요리하던 이만식이 이탈리아 요리를 만난 것은 1988년이다. 그가 본격적으로 요리를 한 지 10여 년이 지난 뒤였다. 서울의 힐튼호텔로 자리를 옮긴 그는 국내 최고 이탈리안 레스토랑 '일폰테'에 배치되었다. 소스 범벅인 복잡한 양식을 비웃기라도 하듯 식재료 맛을 강조하는 이탈리아 요리를 접한 순간 그는 운명처럼 이탈리아 요리에 푹 빠졌다.

"모든 것을 비우고 다시 시작했습니다."

여러 호텔을 거치면서 어느 정도 지위에 올랐지만 이만식은 이탈리아 요리를 배우면서 자신이 가지고 있던 모든 요리 지식을 머릿속에서 지웠다. 그동안 몰랐던 새로운 지식을 얻기 위해서, 편견을 없애기 위해서였다. 그와 함께 일한 가스파레 알레쉬 셰프는 무척이나 터프하고 식재료 욕심이 강한 사람이었다. 셰프는 끊임없이 최고의 재료를 찾아 헤맸고, 이만식은

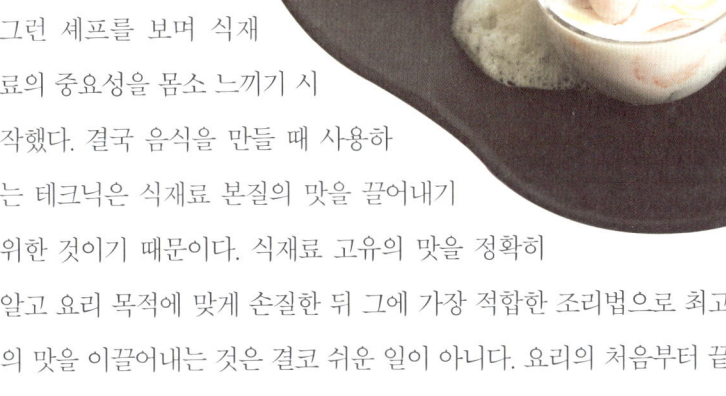

그런 셰프를 보며 식재료의 중요성을 몸소 느끼기 시작했다. 결국 음식을 만들 때 사용하는 테크닉은 식재료 본질의 맛을 끌어내기 위한 것이기 때문이다. 식재료 고유의 맛을 정확히 알고 요리 목적에 맞게 손질한 뒤 그에 가장 적합한 조리법으로 최고의 맛을 이끌어내는 것은 결코 쉬운 일이 아니다. 요리의 처음부터 끝까지 모든 것을 이해해야만 가능한 일이다.

1970년대 후반부터 전 세계적으로 품질 좋은 신선한 재료의 고유한 맛을 살리는 '누벨퀴진nouvelle cuisine'이 유행했지만 국내에서는 소스를 듬뿍 올린 돈가스 같은 경양식이 대중의 인기를 얻고 있던 때였다. 그는 당시 국내의 이런 추세에 흔들리지 않고 요리의 기본을 익히기 위해 노력했다.

누벨퀴진은 1960년대 말 나타난 프랑스 요리의 새로운 조류를 가리킨다. 요리사 오귀스트 에스코피에August Escoffier가 체계화했는데 품질 좋은 신선한 재료 고유의 맛을 살리기 위해 버터를 많이 사용하지 않는 요리를 추구한다.

트러플을 곁들인 크레페

가장 기본으로
돌아가라

불길이 치솟고 요란한 소리로 가득한 주방 안으로 식음팀 책임자가 뛰어들어왔다. 한 고객이 스테이크를 맛본 뒤 접시를 되돌려 보낸 것이다. 흔하지는 않지만 가끔 겪는 일이기에 이만식 셰프는 부주방장에게 스테이크를 다시 구우라고 지시했다.

잠시 후 식음팀 담당자가 투덜거리며 다시 들어왔다. 고객은 이것도 자신이 원하는 스테이크가 아니라며 불평했다는 것이다. 꽤 까다로운 고객이구나 싶어 이번에는 이탈리안 셰프가 직접 스테이크를 구웠다. 그러고는 자신만만하게 내보냈다. 잠시 후 다시 한 번 식음팀 담당자가 들어왔다.

"이것도 아니라는데요. 대체 왜 그런 건가요?"

이만식 셰프는 되돌아온 스테이크를 유심히 살펴본 뒤 직접 프라이팬을 들었다. 다른 요리사들이 팬에서 고기를 구운 뒤 오븐에 넣어 다시 익힌 반면 그는 먼저 팬에서 고기 옆면을 돌려서 구운 다음 아래위를 구웠다. 오븐 근처에는 가지도 않고 그것으로 끝이었다.

"아니, 이렇게 나가도 되나요? 괜찮을까요?"

"육즙이 하나도 빠져나가지 않게 하려면 옆면을 먼저 구워야 합니다. 그리고 아주 센 불에서 강약을 조절해야지요. 팬에서 고기의 윗면과 아랫면만 구워낸 다음 오븐에서 구우면 육즙이 많이 빠져나가 스테이크 본연의 맛을 제대로 살릴 수 없습니다."

옆에서 지켜보던 이탈리안 셰프도 그의 설명에 고개를 끄덕였다. 단순하지만 어느 누구도 답을 찾지 못했던 스테이크 사건을 계기로 음식을 만들 때 기본을 철저히 지키려는 그를 모두 인정하게 되었다.

머릿속에서
파스타를 만들다

파스타를 먹는 사람들은 세 부류로 나눌 수 있다. 먼저 '파스타는 맛있다'고 생각하는 사람들이 있다. 이들은 음식을 보며 복잡하게 따지지 않는다. 단순히 음식 맛에 빠져 파스타를 맛보며 실제로 맛이 조금 없어도 크게 상관하지 않는다.

두 번째 부류는 음식의 맛을 아는 사람들이다. "파스타가 맛있구나. 여기에 무엇을 넣었을까? 생면을 사용했을까?" 같은 질문을 자신에게 던지지만 궁금증 이상을 넘어서지는 않는다.

마지막 부류는 셰프보다 한 단계 앞서 나간다. 음식을 먹기에 앞서 레스토랑의 전반적인 것을 살펴본다. 레스토랑의 입지 조건, 인테리어, 요리사와 서비스하는 직원들 수, 음식에 들어간 재료, 음식의 맛까지도 세심하게 살펴본다. 이들은 음식을 먹으러 레스토랑에 갔지만 계속하여 자신에게 질문을 던지고 머릿속으로는 상상을 한다. 이렇게 계속 생각하는 습관은 자신을 변화시키고, 멀리 보면 성공하게 만드는 원동력이 된다.

이만식 셰프는 다른 요리사들과 달리 '이미지 트레이너Image trainer' 이다. 그는 요리를 하기 전에 자신만의 이미지 트레이닝을 한다. 머릿속에서 자신만의 요리법을 정리하는 것이다. 그가 이렇게 이미지 트레이닝을 시작한 것은 닫혀 있는 주방 시스템 때문이었다. 그가 요리를 처음 배울 때만 해도 선배 요리사에게 요리를 체계적으로 배운다는 것은 상상도 할 수 없는 일이었다.

주방에 국자가 날아다니고 작은 실수라도 하는 날에는 냉장고 안으로 끌려가는 일이 잦았다. 그러한 상황에서 그가 선택한 것이 이미지 트레이닝이었다. 그는 선배들이 요리를 만들 때 순서를 하나씩 머릿속에 정리했다. 파스타를 만들 때 면발을 끓는 물에 넣고 몇 번 젓는지, 면발을 반죽할 때 소금을 얼마나 넣는지, 크림은 얼마나 넣는지 등을 머릿속에 차곡차곡 정리했다.

"주방에서 선배들이 하는 행동을 모두 머릿속에 집어넣었습니다. 그리고 온종일 그 장면을 떠올리며 생각했죠."

이렇게 정리된 내용은 그의 머릿속을 하루 종일 맴돌았다. 남들이 쉬는 시간에도 그는 머릿속에서 하루 종일 요리를 한 것이다. 파스타

핑거푸드로 만든 안심요리

면을 넣을 때 타이밍, 팬에 볶을 때 순서 등을 익히기 위해 실패와 성
공을 수없이 반복했다. 매번 차분하게 자신이 실제로 음식을 만든다
고 생각했고, 생각은 점차 현실이 되었다.

　그리고 얼마 뒤 자신에게 요리할 수 있는 기회가 찾아왔을 때 그는
다른 요리사들과 달리 차분히 요리할 수 있었고, 그 모습을 본 다른
요리사들도 그의 실력을 인정했다. 주방 안에서 실력 있는 요리사로
인정받기 시작한 것이다.

　이만식 셰프가 매일 머릿속에서 행한 '이미지 트레이닝'은 하루하
루 용기와 자신감을 갖게 해주었다. '저걸 어떻게 하겠어?'가 아니라
'저건 어떻게 해야 하는가?'라는 긍정적이고 강한 암시가 그를 최고
셰프로 만들어준 것이다.

나만의 스타일
'오늘의 요리'

　주한 이탈리아 대사가 방문한다는 소식을 듣고 주방이 분주해
졌다. 냉장고에 들어 있는 식재료를 한참이나 보고 난 뒤 이만식 셰프
가 오늘의 메뉴를 써내려가기 시작했다.

today's menu

Antipasto
감 셔벗을 올린 자연산 굴

Zuppa
밤 수프

Primo piatto
사프란 보리쌀 리조토

Secondo piatto
마르샬라 와인 소스를 곁들인 스테이크

Fromaggio

Dolce

가을향이 듬뿍 느껴지는 메뉴가 공개되자 주방 안에는 가벼운 탄식
이 흘렀다.

매일 아침 메뉴를 만들어내는 것은 매일매일 다른 그림을 그리는
것과 같다. 아니, 그보다 더 어렵다. 계절에 맞는 식재료를 선별해 자
신만의 요리 테크닉으로 조화로운 맛을 만들어내야 하기 때문이다.
그래서 경험과 창의력이 상당하지 않는 한 매일 '오늘의 메뉴'를 만들

어내는 것은 쉽지 않다.

  이만식 셰프가 '오늘의 메뉴'를 시작하게 된 것은 이탈리아의 맛을 찾기 위해 떠났던 여행에서 돌아온 뒤부터였다. 수많은 미슐랭 3스타 레스토랑을 방문하고, 이탈리아 요리 연수 과정에서 느낀 점은 '재료 본연의 맛을 살려야 한다'는 것이었다.

  이탈리아 식재료 공급업자들은 매일 아침 산지에서 흙이 묻어 있는 감자나 당근을 가져오고 인근 바다에서 낚은 생선을 가져다주었기 때문에 요리사들은 그날그날 어떤 재료가 들어올지 몰랐다. 어쩌면 이렇게 신선한 식재료로 맛있는 음식을 만들어내기 위해 '오늘의 메뉴'를 정하는 일은 요리사가 반드시 해야 하는 것이었다.

  이만식 셰프는 고정된 메뉴를 지속적으로 반복하기보다 매일 아침 받는 신선한 재료로 음식을 만들어내는 것이 더 값어치 있다고 생각했다. 재료 본래의 맛을 건드리지 않으면서 자연스러운 맛을 살리는 것이다.

  그날 이후 그가 있는 모든 레스토랑에는 '오늘의 메뉴'가 등장했다. 처음에는 어색해 하던 고객들도 차츰 그가 만들어내는 음식을 신뢰하기 시작했다. 고객들은 어떤 음식을 먹는 것이 좋은 음식을 먹는 것인지 알기 시작했다. 이 때문인지 그가 조리 이사로 있던 '안나비니'에서는 오늘의 메뉴를 선보인 후 총매출이 두 배 정도 뛰어올랐다.

  "자신만의 요리를 할 수 있어야 합니다."

자신만의 요리를 한다는 것은 자신만의 원칙을 가져야 한다는 말이다. 사람들은 자기가 하는 모든 일에 원칙을 만들어야 한다. 그리고 어떤 순간에도 원칙을 지켜야 한다. 자신이 세워놓은 원칙을 지켜나가는 것은 쉽지 않다. 주변에서 거세게 반대하는 일도 생길 수 있다.

이런 일들을 해결할 때도 원칙에 따라야 한다. 이렇게 자신만의 원칙에 따라 문제를 다루다보면 원칙에서 새로운 목표를 세울 수 있다. 이러한 목표를 계속 이루다보면 꿈에 한결 가까워진 자신을 볼 수 있다.

'훌륭한 요리사가 되려면 수도승이 돼라'라는 말이 있다. 요리사가 된다는 것은 모든 것을 절제하고 제어해야 할 정도로 힘이 들기 때문이다. 요리사들은 하루하루 전쟁터 같은 주방에서 맛을 세심히 조절해야 하고 팀워크를 이뤄야 한다. 그렇기에 주방은 보통 사람들이 알지 못하는 또 하나의 세계일지도 모른다.

이처럼 고단하고 힘든 세계에서 이만식 셰프가 지금까지 일할 수 있는 원동력은 바로 요리를 좋아한다는 것이다. 궁금한 것이 있으면 그는 언제라도 낡은 메모장을 꺼낸다. 그리고 궁금한 점을 적는다. 이 메모장은 그에게 단순한 기록장이 아니라 '접시' 같다. 이 낡은 메모장을 빼곡히 채워나갈수록 그의 접시는 한층 더 완벽한 음식으로 가득 채워질 것이다.

요리는 자신을 향한 끊임없는 도전이다

닉 플린Nick Flynn, 인터컨티넨탈호텔 서울 총주방장

1987년 Canberra International A.C.T, Australia / Apprentice Chef

1991년 Hotel Siegfriedbrunnen Germany / Demi Chef De Partie

1999년 Alice Springs Resort N.T, Australia / Executive Chef

2000년 Hayman Island Resort Qld, Australia / Chef De cuisine

2002년 IHG, Crowne Plaza Canberra A.C.T, Australia / Executive Chef

2004년 IHG, Intercontinental Hotel Sydney, Australia / Central NSW Area Executive Chef

2005년 IHG, Intercontinental Hotel Singapore / Director of Food and Beverage

2007년 IHG, Crowne Plaza Today Gurgaon New Delhi, India / Director of Culinary Services

"무엇이든 부딪쳐보고 경험해볼 것!
그리고 항상 기본을 지킬 것……."

Nick Flynn 오스트레일리아를 비롯하여 독일, 싱가포르, 인도, 브라질 등 20여 년 동안 동서양의 다양한 나라에서 활동하며 국제적인 요리 경험과 실력을 인정받고 있는 닉 플린 셰프는 세계 어느 곳에서나 그만의 맛과 통념을 깨는 탁월한 감각으로 미식가들을 사로잡았다.

닉 플린 셰프는 이례적으로 식음료 이사와 주방장 경력을 모두 갖고 있다. 그는 훌륭한 요리사일 뿐만 아니라 고객 서비스와 기물의 조화에 이르기까지 섬세한 안목을 지니고 있다. 아무리 유능한 사람도 매너리즘에 빠져 현상유지만 하다보면 중요한 것을 잊게 된다. 그러한 측면에서 닉 플린은 훌륭한 셰프와 그렇지 못한 셰프를 구분하는 중요한 잣대가 된다.

블랙박스
요리대회

"와인에 강낭콩을 넣고 졸여낸 뒤 가니쉬Garnish, 음식의 외형을 돋보이게 하기 위해 음식에 곁들이는 것를 만들어 양고기에 곁들여도 좋아."

"타임을 듬뿍 넣고 구워내."

퇴근시간이 훌쩍 지난 주방 한쪽에서 닉 플린과 몇몇 젊은 요리사가 분주히 움직이고 있다. 양고기, 닭고기 등이 한쪽에 올라 있고, 타임, 로즈메리, 사프란 등 다양한 허브가 수북이 놓여 있다. 그 옆으로 빼곡히 적혀 있는 메모장. 휘갈겨 쓴 글씨체가 인상적이지만 세심함이 느껴진다. 지금까지 연습한 요리들을 정리해놓은 모양이다.

한 요리사가 오븐에서 양고기를 꺼내오자 닉 플린은 그에 맞춰 가니쉬를 만들었다. 호박과 당근만 이용하기도 하고, 허브만 이용해서도 모양을 만들어보았다. 양고기는 접시 중간에 놓아두고 여러 번 담음새를 연습하기 위해서다.

이렇게 시작한 요리연습은 늦은 밤까지 계속되었다. 이들은 국내 블랙박스 요리대회에서 우승한 인터컨티넨탈팀으로, 세계대회에 나가기 위해 연습하는 것이다.

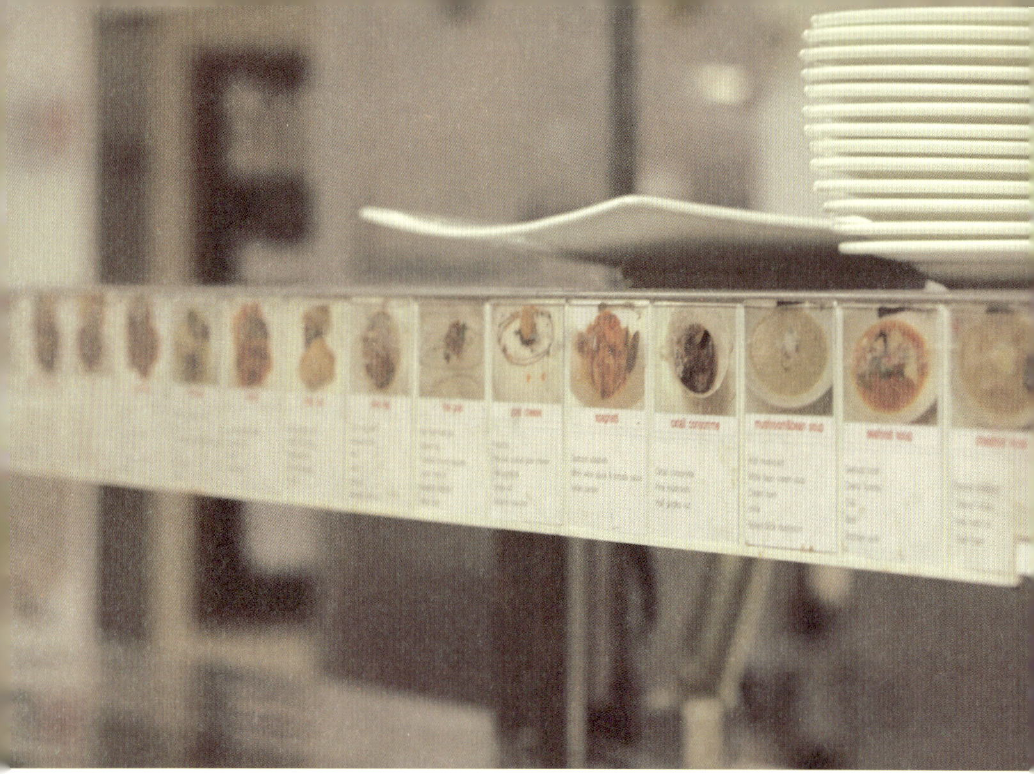

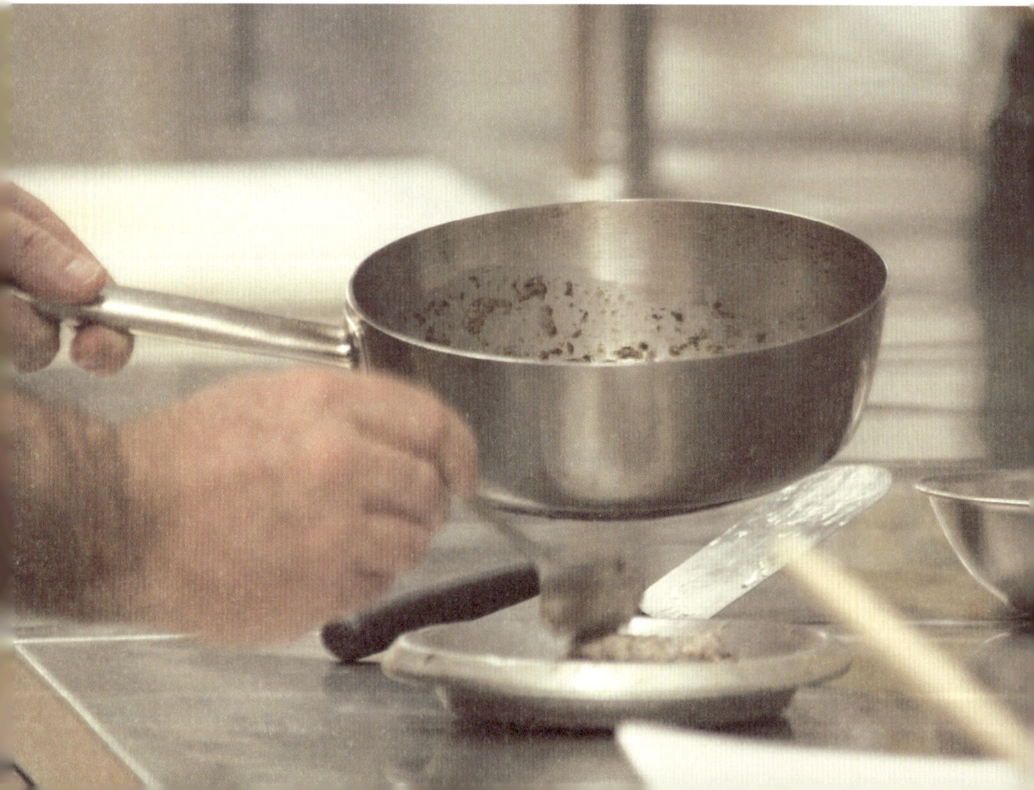

한국 대회를 치른 뒤 얼마 되지 않아서 피곤할 법도 하지만 누구 하나 그런 모습을 보이는 사람은 없었다. 블랙박스 요리대회Black box culinary challenge는 35세 미만의 젊은 요리사들이 실제 업무 환경에서 팀을 이루어 경쟁하는 대회로, 요리사들의 진짜 실력을 가늠해볼 수 있다. 블랙박스 요리대회는 세계 조리사연맹과 오스트레일리아 축산공사Meat &livestock Australia의 후원을 받아 1996년부터 총 일곱 번 개최되었다. 네 차례 결선이 각각 2000년 싱가포르, 2002년 일본 교토, 2005년 오스트레일리아 골드 코스트, 2008년 아랍에미리트 두바이에서 열렸다.

블랙박스라는 명칭답게 정해진 시간 전까지는 박스 안에 어떤 식재료들이 들어 있는지 알려주지 않는다. 대회 첫날 모든 팀은 동일한 재료가 들어 있는 박스를 받게 되는데 한 시간 동안 이 재료들만으로 네 가지 코스 메뉴를 개발하여 음식을 만들어내야 한다. 대회 현장에서 어떠한 재료가 나와도 당황하지 않고 네 가지 코스 요리를 순발력 있게 만들어내기 위해서는 다양한 식재료를 가지고 응용하는 연습이 필수적이다. 따라서 몇 개월 전부터 연습해야 하는 것은 물론이다. 매일 업장에서 일을 마친 뒤 늦은 밤에 연습을 시작하기 때문에 체력적으로도 버티기가 쉽지 않다.

이 과정은 상당히 복잡하면서도 힘들 수밖에 없다. 특히 각 재료의 장점을 살리고 조화를 이룰 수 있도록 메뉴를 선정하는 것부터 팀워크를 발휘해 제시간 안에 요리를 마무리해야 하는 것은 두말할 필요도 없다. 한정된 시간에 음식을 만들어내야 하기 때문에 팀워크는 정말 중요한 요소다.

결선대회가 열리기 3개월 전, 대회에 참가하는 요리사들은 업무를 마친 뒤 주방에 남아 연습했다. 이를 기특하게 여긴 닉 플린이 이들을 적극적으로 지원했다.

19개국 57명의 요리사가 출전한 결전의 날, 70여 가지 식재료가 블랙박스에 담겨 나왔다. 오스트레일리아산 앵거스 곡물 비육 냉장 쇠고기와 양고기, 송아지 고기 육수, 체다 치즈, 노르웨이산 연어와 광어, 참기름, 간장 등 20여 가지는 반드시 사용해야 하는 재료로 따로 담겨 있었고, 당근, 배, 피망, 생강, 달걀 등 '사용해도 되고 안 해도 되는 식재료들'도 따로 담겨 있었다.

김유식, 임호택, 최진복 요리사와 복종대 팀장은 침착하게 식재료를 파악했다. 그러고는 곧장 메뉴를 적어냈다.

마치 조형물을 쌓듯 플레이트 위에서 입체감을 구현하여 담아낸 애피타이저, 체다 치즈가 듬뿍 들어간 수플레에 뿌려먹는 수프, 두바이의 높은 건물을 형상화한 탑 모양의 메인 음식, 특이하게도 후추를 뿌려 매운맛을 더한 디저트까지 이제까지 어느 곳에서도 맛보지 못한 창의적인 요리가 탄생했다. 그들의 요리에 많은 사람이 주목했고 부스로 몰리기 시작했다.

today's menu

브로콜리 무스를 곁들인 연어와 광어,
참깨를 곁들인 아이올리 소스

체다 치즈의 필로 패스트리 주머니와 버섯 수프

감자 퓨레를 곁들여 오븐에 구운 쇠고기와 절인 양 목살 티안

블랙 페퍼 슈거 레이스와 과일 소스의 딸기 무스 케이크

그렇게 대회가 마무리되고 최종 발표 시간이 되었다.

"Final Champion is Intercontinental Hotel Seoul."

장내 아나운서의 마이크에서 인터컨티넨탈팀이 우승했다고 하는 순간, 닉 플린 셰프의 눈가가 촉촉해졌다. 대회를 준비하기 위해 혹독하게 가르쳤던 지난 시간이 주마등처럼 스쳤기 때문이다. 게다가 인터컨티넨탈의 압승이었다. 2위는 싱가포르, 3위는 스리랑카팀으로 이들의 점수차가 각각 1점이었던 데 반해 1, 2위 점수 차는 무려 20점이었다.

왕새우를 곁들인 스테이크

실수투성이에
구제불능 요리사

식재료 점검을 마치고 주방 안으로 들어선 수세프가 부리나케 오븐으로 달려갔다. 찬물에 흠뻑 적신 행주로 손잡이를 겨우 잡은 채 뜨겁게 달궈진 오븐을 열자 메케한 연기가 쏟아져 나왔다. 형체를 알 수 없을 정도로 시꺼멓게 타버린 트레이를 꺼내 곧바로 설거지 통으로 던졌다. 그 소리가 사라지기도 전에 불호령이 떨어졌다.

"오늘 오븐 담당 누구야!"

주방 한쪽에 설치해놓은 스테레오에서 나오는 음악 때문에 셰프의 목소리가 제대로 전달되지 않았다. 갑자기 셰프는 선반 위에 있는 스테레오 오디오를 바닥에 던져 박살을 내버렸다. 그러고도 분이 풀리지 않는지 몇 번이나 발로 밟았다. 그제야 사태를 파악한 닉 플린이 주방 앞으로 나갔다.

"닉! 너야? 어휴, 냉장고로 따라와!"

고개를 푹 숙인 닉 플린이 냉장고 안으로 들어갔다.

"스테레오에서 나오는 음악에 너무 집중한 탓에 오븐에 요리를 넣어둔 걸 깜빡하고 말았죠. 시꺼멓게 타버린 음식을 본 순간 제 머릿속도 시꺼멓게 되어버린 것은 물론이고요. 정말 많이 혼났습니다. 그 뒤 주방에서 요리하면서 음악을 듣는다는 것은 상상도 할 수 없게 되었죠."

　오스트레일리아의 조그만 도시 캔버라에서 태어난 닉 플린은 어릴 때부터 요리에 관심이 많았다. 그도 그럴 것이 매일 저녁이면 아버지가 친구들을 데려와 파티를 열곤 했기 때문이다. 그의 아버지는 무척이나 열정적인 사람이었다. 농장에서 뽑아온 식재료로 다양한 음식을 만들고 핏물이 뚝뚝 떨어지는 고기를 통째로 오븐에 넣고 굽는 등 아버지는 요리사는 아니었지만 매번 새로운 음식을 만들기 위해 노력했다. 그리고 무엇보다 사람들이 자신이 만든 음식을 먹고 즐기는 데서 행복을 느끼는 분이었다.

　이러한 환경에서 자란 닉 플린이 요리에 관심을 갖게 된 것은 어쩌면 당연했다. 시끌벅적 웃고 떠들며 맥주를 마시는 모습, 뜨거운 불판 앞에서 쇠고기를 굽는 모습을 보면서 그는 '요리가 즐겁다'는 것을 차츰 깨달았다.

　어린 시절 닉 플린에게 가장 흥미로운 일은 캔버라 시내에 있는 재래시장에 가는 것이었다. 학교에 다녀오면 특별히 할 일이 없었던 그에게 채소나 과일의 달콤한 냄새를 맡고, 다양한 빵을 구경할 수 있는 시장은 최고의 놀이터였다. 계절이 바뀔 때마다 종류가 바뀌는 식재료, 매일 아침 신선한 상태로 판매되는 허브를 보며 그는 생각했다.

　'이렇게 재미있는 재료들로 사람들을 행복하게 해주는 요리사가 되겠어!'

　닉 플린이 요리를 체계적으로 배우기 시작한 것은 열일곱 살이 되던 해 캔버라에 있는 ACT Tate School에 들어가면서부터다. 프로페셔널 셰프가 되고 싶었던 그는 최신식 장비가 설치되어 있는 학교에서 요리의 기본 지식을 쌓았다. 기본적인 프렌치 테크닉에서 현대 요리의 트렌드까지 다양한 분야의 요리를 두루 배웠다.

학교에서 요리의 이론과 간단한 실무를 익힌 닉 플린은 캔버라 국제호텔Canberra international hotel에서 본격적으로 견습 과정을 시작했다. 호텔 규모가 작아 이곳 요리사들은 거의 모든 음식을 만들 수 있어야 했다. 독일인 총주방장은 갓 입사한 닉 플린에게도 호텔에서 제공하는 모든 요리를 가르쳤으며, 기술적으로 부족한 부분이 있으면 그 요리를 제대로 만들 수 있을 때까지 끊임없이 연습을 시켰다. 그 결과 닉 플린은 애피타이저에서 디저트까지 어느 것 하나 빼놓지 않고 만들 수 있게 되었고, 혹독했던 연습 과정은 훗날 그를 총주방장 자리까지 이끌어주는 밑바탕이 되었다.

"그곳에서 제 요리의 기본이 된 모든 것을 배웠습니다. 하지만 그 시간들이 요리사는 멋진 직업이라는 제 꿈을 산산이 박살내주었죠. 요리사의 꿈을 꾸고 들어간 그곳에는 징그러운 현실이 기다리고 있었습니다. 하지만 처음부터 그렇게 힘든 곳에서 일하게 된 것이 제 요리 인생에서 행운이었다고 생각합니다. 그때 배웠던 탄탄한 기본기가 이후 어떠한 요리를 해도 흔들리지 않게끔 중심을 잡아주었기 때문입니다."

요리사는 자기 자신과의 싸움에서 이긴 사람들이다. 맛있는 요리는

코코아 밀크를 곁들인 랍스터요리

요령만으로는 만들어지지 않는
다. 연습을 꾸준히 반복하며 기본기
를 잘 닦아야만 진정한 요리사가 될 수 있
다. 이는 수학 공식과 같다. 기초가 튼튼하면 어떤 문제도 풀 수 있는
실마리를 찾아낼 수 있기 때문이다. 요리사를 꿈꾸는 많은 이들은 이
런 질문을 한다.

"막내 생활은 얼마나 해야 하나요?"

"처음에는 양파 껍질만 까야 하나요?"

"얼마 정도 있으면 셰프가 될 수 있나요?"

막내로 들어가 몇 년이나 같은 일을 반복하는 데 두려움을 느끼는
사람들이 많다. 요리에 청춘을 바쳐도 좋은지, 자기가 선택한 길이 옳
은지 미처 파악하지 못했기 때문이다. 요리에 자신의 모든 것을 걸겠
다, 최고의 요리사가 되겠다는 일종의 자기확신이 없이는 몇 년씩 반
복되는 고단한 업무를 견디지 못한다.

한 주방을 책임지는 셰프가 되려면 요리의 모든 과정을 경험해야
한다. 특히 여러 요리사가 동시에 움직여야 하는 호텔 주방에서라면
모든 과정을 직접 경험해보지 않고는 전체 그림을 그릴 수 없다. 하나
의 코스요리를 만들어내려면 각 파트 요리사들이 자기가 맡은 일을
최선을 다해 해야 하기 때문이다.

한 분야에서 최고가 된다는 것, 모든 상황을 컨트롤하고 자기 것으로

라이스페이퍼에 담아낸 잡채

만들어 전문가가 된다는 것은 결코 쉬운 일이 아니다. 자신이 속한 분야에서 전문적인 일을 수행할 때 중요하게 여겨지는 것들이 있다. 그 일을 수행하기 위한 전문적인 지식, 오랜 경험 그리고 개개인의 기본 능력이 그것이다. 이러한 요소들 가운데 가장 중요한 것은 '기본'이다.

성공한 사람들은 어떠한 상황에서도 자신만의 '기본'을 지킨다. 셰프도 마찬가지다. 주방에서 셰프가 어떻게 판단하고 지시하느냐에 따라 그날의 행사나 연회를 성공적으로 끝낼 수도 있고 실패로 마무리할 수도 있다. 닉 플린이 견습시절 다양한 요리를 만들며 자신만의 기본기를 쌓지 않았다면 지금의 자리에 오를 수 없었을 것이다.

닉 플린은 항상 이렇게 말한다.

"무엇이든 직접 부딪쳐보고 경험해볼 것! 그리고 항상 기본을 지킬 것……"

사막 한가운데서 굴을 찾다

오스트레일리아의 사막 한가운데에 위치한 앨리스스프링스는 연일 40도가 넘는 날씨가 이어져 좀처럼 신선한 음식을 먹기가 힘들다. 바다를 가장 가까이에서 볼 수 있다는 애들레이드도 차로

1,000km 이상 달려야 하기 때문에 이곳에서 신선한 해산물을 먹는다는 것은 상상도 할 수 없는 일이다.

이렇게 메마른 땅에 위치한 '앨리스스프링스 리조트'의 총주방장으로 부임한 지 얼마 되지 않은 닉 플린은 어느 날 저녁 뷔페를 둘러보다가 우연히 외국인 고객과 홀 직원의 대화를 들었다.

"이곳 메뉴에는 굴Oyster요리가 없습니까?"

"네, 고객님. 사막 한가운데인지라 해산물을 구할 수 없습니다."

고객의 요청을 단숨에 잘라버리는 홀 직원의 태도도 문제였지만 '당연히 할 수 없다'는 안일한 태도가 더 큰 문제였다. 사막 한가운데에 위치한 조그마한 리조트에는 '지금 이대로도 충분해'라는 인식이 팽배해 있었다. 그날 저녁 영업이 끝난 뒤 그는 주방으로 모든 직원을 모이게 했다.

"저는 애들레이드에서 비행기를 타고 두 시간 만에 이곳에 도착했습니다. 무엇이 문제입니까? 이곳이 사막이라는 것은 중요하지 않습니다. 이곳이 사막이라서 시도조차 하지 않는 것이 가장 큰 문제입니다. 내일부터 디너 메뉴에 신선한 굴을 올리겠습니다."

"말도 안 됩니다. 여기는 사막입니다. 셰프, 이곳은 앨리스스프링스라고요!"

한낮에는 40도를 웃도는 앨리스스프링스에서 신선한 굴을 내놓겠다니 모두 닉 플린이 제정신이 아니라고 했다. 새로 부임한 지 얼마

되지 않아 이곳 사정을 잘 몰라서 그런다는 둥, 처음 와서 괜히 설친다는 둥 비아냥거리는 소리만 가득했다. 그리고 더 큰 문제점은 해산물을 공수하는 과정에서 비용이 많이 든다는 것이었다. 과연 이곳에서 값비싼 굴을 먹겠다는 사람들이 몇 명이나 있을지가 문제였다.

하지만 닉 플린은 이곳 사람들도 신선한 해산물을 원한다고 확신했다. 먹고 싶지만 없어서 먹지 못하는, 그렇기 때문에 공급만 된다면 수요는 있을 거라는 게 그의 생각이었다. 그가 이곳에 비행기를 타고 온 것처럼 해산물도 하루 전에 주문하여 아침에 비행기로 받는다면 사막 한가운데서 신선한 굴을 먹는 것이 불가능한 일은 아니었다.

닉 플린은 곧바로 애들레이드의 식재료 공급업자에게 전화를 걸어 자초지종을 설명하고 신선한 굴과 생선을 공급해달라고 했다. 단순히 굴만 사용하는 것이 아니라 생선 요리도 곁들였다. 이렇게 몇날 며칠 고생하여 만든 새로운 메뉴 'Fresh Oyster'는 앨리스스프링스 리조트의 메뉴판에 당당히 추가되었다.

결과는 대성공이었다. 사막에서 신선한 음식을 먹지 못해 답답해하던 사람들이 너나 할 것 없이 방문해 진짜 신선한 해산물을 직접 맛보고 싶어 했다. 반신반의하던 직원들도 돈을 내고 레스토랑을 이용할 정도였다. 레스토랑의 매출은 닉 플린이 부임한 지 3개월 만에 몇 배로 뛰었고, 그는 그곳에서 자신의 위치를 확고히 할 수 있었다.

총주방장은 단순히 주방 안에서 음식만 만들고 셰프를 컨트롤하

는 역할만 하는 것이 아니다. 총주방장은 레스토랑을 운영하는 '경영
자적 마인드'가 있어야 한다. 이는 음식과 맛에 초점을 맞춘 Taste's
Value와 동시에 고객을 위한 가치 Customers' Value를 모두 아우르는
넓은 시야를 가지고 있어야 한다는 것을 의미한다. 말 그대로 총주방
장의 역할은 기업이 고객에게 만족할 만한 가치를 제공하는 것과 유
사하며, 그 '가치'는 고객과 셰프의 관계에서 창출되는 모든 것을 의
미한다.

성공한 셰프들은 대부분 자신만의 본질을 지킨다. 자신만의 본질은
거창하거나 복잡한 것이 아니다. 요리사가 요리를 시작하면서 가졌던
마음, 하얀 접시에 담아내고 싶은 요리에 대한 마음 그리고 항상 좋은
재료를 선택하여 깨끗한 음식을 만들어야겠다는 마음 등 모든 마음이
본질을 만들어낸다. 또 현장에서 다양한 경험을 쌓고 요리 관련 책을
읽으며 조금씩, 조금씩 자신만의 본질을 만들어야 한다.

닉 플린도 마찬가지다. 무더운 사막이라는 공간에 안주하여 지금까
지 해오던 메뉴에만 신경 썼다면 여전히 앨리스스프링스에서는 신선
한 굴을 먹을 수 없을 것이다. 결국 자신이 만들고자 하는 '요리의 본
질', 그 '본질'이 있었기 때문에 실현하려는 모든 것을 성공적으로 이
뤄나갈 수 있었던 것은 아닐까?

두 가지 부위를 동시에 즐길 수 있는 참치요리

바다 위에서 펼쳐진
환상적인 BBQ

오스트레일리아 최고 리조트 가운데 하나로 꼽히는 헤이먼 섬에서 근무할 때 닉 플린은 수많은 유명 인사를 상대했다. 빌 게이츠, 토니 블레어, 사우디 국왕 가족 등 너무나 유명한 명사들이 그곳을 방문했다. 그중에서도 미디어의 황제 루퍼트 머독Rupert Murdoch, 세계 최대의 글로벌 미디어 기업인 News Corporation의 회장은 지금도 그날이 생생하게 떠오를 만큼 인상적이었다.

"다음 주말에 루퍼트 머독이 방문하십니다. 헌데 지금까지와는 다른 특별한 식사를 하고 싶다고 부탁하셨습니다. 어떻게 하면 좋을까요?"

머독이 헤이먼 섬을 방문했을 때 닉 플린은 헤이먼 섬 리조트의 부주방장으로 근무 중이었다. 머독은 자신과 함께한 여덟 명과 사람들이 없는 조용한 곳에서 자신들만을 위한 음식을 먹고 싶어 했다.

"특별한 식사요? 그렇다면 '바다 위의 바비큐'는 어떨까요? 바다 한가운데 플랫폼에서 오스트레일리아 식재료를 이용하여 BBQ 파티를 하면 특별할 것 같습니다."

이 특별한 게스트를 위해 닉 플린이 생각해낸 것은 '수상 바비큐'였다. 헤이먼 섬 인근 해안은 1년 내내 파도가 잔잔하고 햇살이 따사롭기 때문에 다양한 수상 레포츠를 즐길 수 있다. 그래서 바다 곳곳에는 작은 수상 플랫폼이 설치되어 있는데, 닉 플린은 바로 그곳에서 바비큐 파티를 하자는 것이었다.

무척 이색적인 행사가 될 것이라는 그의 기대와 달리 직원들은 바다 한가운데서 파티를 벌이는 것은 말도 안 된다며 반대했다. 직원들은 대부분 지금까지 해온 것처럼 호텔 가든에서 진행하면 되지 굳이 고생을 사서 하느냐는 반응을 보였다.

"식재료는 어떻게 옮기나요?"

"혹시 큰 파도가 일면요?"

사실 행사를 진행하더라도 육지에서 수상 플랫폼까지 이동하는 것이 가장 큰 문제였다. 행사가 이틀 앞으로 다가왔지만 수많은 식재료와 식기를 어떤 방법으로 옮겨야 할지 결정된 것은 하나도 없었다. 닉플린 또한 이러한 행사는 처음이라 매우 고심했다. 그러다가 갑자기한마디 했다.

"헬기를 이용합시다. 헬기를 이용하여 수상 플랫폼까지 이동하는겁니다."

관광객들을 위해 헤이먼 섬 위를 날고 있는 헬기가 그의 시야에 들어왔기 때문이다.

'그래, 이거야. 까짓것 못할 게 뭐 있어. 헬기로 하면 되지.'

바다 위에서의 연회는 불가능할 것이라고 지레 반대했던 직원들과달리 그의 머릿속에는 행사를 성공적으로 치를 수 있다는 긍정적인 생각이 가득했다. 이러한 긍정의 자세가 그가 하려는 일의 길을 열어주었다.

행사 당일 아침 바비큐를 하기 위해 각종 식재료를 준비했다. 한쪽에서는 태즈메이니아산 양고기, 오스트레일리아산 와규 등심을 챙기고 다른 한쪽에서는 와인에 절인 캥거루 고기, 마늘과 올리브오일로 마리네이드한 타조 고기 등을 빠짐없이 챙긴 뒤 그레이프배리어리프 _{오스트레일리아 북동부의 섬}로 이동하기 시작했다.

모든 식재료를 꼼꼼히 포장한 다음 이번 행사를 위해 동원한 헬기에 실어 바다 한가운데로 옮기는 모습은 장관이었다. 환상적인 아름다움을 간직한 바다 위에서 즐기는 평온한 식사에 머독이 크게 만족한 것은 물론이었으며 파티는 성공적으로 마무리되었다.

자신이 현재 가지고 있는 것이 전부라고 생각하며 다른 사람들이 걸어온 길을 습관적으로 걸어가는 순간 현실에 안주하게 되고 남보다 뒤처지게 된다. 닉 플린도 마찬가지다. 그가 항상 새로운 것을 찾으려 하고, 기존의 것보다 더 나은 것을 만들려고 노력하는 것은 습관적으로 행해지는 '현실 안주의 무서움'을 누구보다도 잘 알기 때문이다.

닉 플린은 남들이 하는 방식을 답습하는 것이 아니라 항상 신념을 가지고 자신만의 방식을 만들어나가려고 노력했다. 그리고 '좀 더 새롭게', '좀 더 다르게'라는 삶의 자세는 결국 그를 어떠한 환경에서도 초연할 수 있는 요리사로 만들어주었다.

맛의 기본을 찾아
인도로 떠나다

1년 내내 잔잔한 파도가 너울거리고 따뜻한 햇살이 가득한 곳. 최고 요리사들이 만들어내는 최고 음식. 전 세계 1%인 VVIP들이 찾는 럭셔리한 곳. 요리사에게 최상의 환경을 제공해주는 헤이먼 섬에서 책임자로 일하던 닉 플린은 돌연 또 한 번의 도전을 선언한다. 인도 뉴델리에 새로 문을 여는 인터컨티넨탈 총책임자로 가겠다고 지원한 것이다.

234개 룸과 11개 연회장을 갖춘 이 호텔은 엄청난 비용을 들이고 수많은 인력을 동원한 초대형 사업이었다. 아시아, 유럽, 미국 등 다양한 나라의 요리를 경험한 닉 플린의 인도행은 그의 낙천성과 과감한 도전정신을 유감없이 보여주는 사례다. 또 다른 세계를 경험하겠다는 그의 의지 앞에 생전처음 방문하는 인도는 크게 문제될 것이 없었다. 다만 인도의 열악한 환경이 걱정될 뿐이었다.

호텔 오픈이 예정보다 지연되었는데 가장 큰 이유는 레스토랑 때문이었다. 각 업장에 필요한 음식과 메뉴를 효율적으로 관리할 수 있는 사람을 구하지 못한 것이다. 레스토랑별로 메뉴를 독특하게 구성하고 현지 사정에 맞게 인테리어를 해야 하는데, 이러한 일을 정확하게 조율할 수 있는 사람이 드물었다.

매운맛을 내는 다양한 향신료들

이러한 상황에서 닉 플린은 뉴델리 인터컨티넨탈호텔IHG, Crowne Plaza Today Gurgaon의 첫 번째 총주방장으로 부임했다. 현지 실정을 몇 번이나 듣고 비행기에 올랐지만 막상 인도에 도착해보니 생각보다 훨씬 더 열악했다. 영어를 할 수 있는 직원은 손에 꼽을 정도였다. 그보다 더 견디기 힘든 것은 종업원들의 '위생관념'이었다. 후덥지근한 날씨가 계속되는 인도에서 '위생사고'는 자칫 큰 사고로 이어질 수 있었기 때문이다. 모든 음식을 손으로 먹는 식문화에서 어디서부터 손을 대야 할지 심각하게 고민하지 않을 수 없었다.

아침에 식재료가 공급되면 각각의 식재료를 트레이에 선별하여 정리하기는커녕 거들떠보는 요리사조차 없었다. 하루 종일 그곳에 놓고 사용하는 것이 당연하다고 생각했으며, 사용하고 남은 식재료를 냉장고에도 보관하지 않았다. 냉동상태로 공급된 해산물 박스에서 물이 질질 흐르기도 했으며 채소를 담은 종이상자가 찢어져 양파가 주방 바닥으로 굴러다니는 일도 빈번했다.

이러한 상황은 식재료 공급업자도 마찬가지였다. 유통기한이 며칠이나 지난 생크림을 공급하는가 하면 흙이 묻은 손으로 태연히 양고기를 옮기는 등 위생 관념이 전혀 없었다.

이러한 상황에서 닉 플린이 선택할 수 있는 방법은 하나밖에 없었다. 레스토랑 오픈이 몇 달 앞으로 다가왔지만 그는 서두르지 않았다. 오히려 처음부터 하나씩 다시 가르쳤다.

"모든 식재료는 공급받은 지 30분 안에 선별해서 냉장고에 넣으세요. 이 작업이 우선되지 않으면 어떠한 요리도 하지 않겠습니다. 요리보다 더 중요한 것은 고객들의 안전입니다. 이렇게 비위생적으로 배송되는 식재료는 이제 사용하지 않겠습니다. 우리 호텔의 원칙에 맞게 공급된 식재료만 사용하겠습니다. 처음에는 낯설겠지만 조금만 지나면 금세 적응할 것입니다."

직원들은 그가 정한 원칙에 대해 짜증내거나 어색해했다. 닉 플린은 현장을 지키며 하나부터 열까지 그들을 가르쳤다. 시간이 지나면서 사람들은 점차 그가 정한 원칙에 익숙해졌다. 흙이 묻은 신발을 신고 주방을 다니는 공급업자도 없었으며 한 도마에서 여러 식재료를 써는 직원도 사라졌다. 그리고 가장 큰 문제로 여겼던 냉장고 사용도 능숙하게 하기 시작했다.

매일 아침 9시면 모든 요리사가 자신의 일을 하다가도 식재료를 나누어 냉장고에 보관했으며, 냉동상태로 공급된 해산물은 곧장 냉동실에 보관했다. 그러자 주방 안을 가득 채우던 고릿한 냄새까지도 사라졌다.

이렇게 작은 일들을 하나씩 처리하면서 뉴델리 인터컨티넨탈호텔은 인도 역사상 처음으로 제 날짜에 문을 연 호텔이 되었다. 이러한 성공의 배경에는 고객과 약속을 지키기 위해 동분서주한 최고의 셰프, 닉 플린이 있었다.

2008년 최고
뉴레스토랑상을 받다

"셰프, 벌써 13시간째예요. 얼마나 더 가야 하나요?"

"거의 다 왔어 조금만 참아."

브라질로 향하는 비행기 안에서 참다못한 수셰프가 닉 플린에게 퉁명스럽게 물었다. 그도 그럴 것이 뉴델리에서 비행기를 탄 후 이번이 벌써 세 번째 경유지였기 때문이다. 브라질 레스토랑 오픈을 앞두고 그가 선택한 곳은 '브라질'이었다.

인터컨티넨탈호텔을 오픈한 뒤 호텔 오너는 다른 호텔과 다른 좀 더 독특한 메뉴를 원했다. 기존의 호텔이 그렇듯이 숙박을 위주로 영업하는 것에서 벗어나 레스토랑을 강화하여 맛으로 고객들을 끌어들이려고 했기 때문이다. 고급 레스토랑과 럭셔리한 숙박시설이 합쳐진 복합공간이라는 우리의 개념과 달리 외국 호텔은 철저히 '숙박'에 초점이 맞추어져 있었다.

"오너는 신선한 메뉴를 원했습니다. 고객이 단순히 숙박을 하러 와서 식사하는 것이 아니라 맛있는 음식을 찾아서 호텔을 방문하기를 원했습니다. 그리고 인도만의 독특한 향신료에서 벗어나 좀 더 국제적인 음식을 만들기를 원했습니다. 양식이라고 해봤자 정체 모를 미국식 스테이크가 전부였으니까요."

닉 플린은 새로운 메뉴를 개발하기 위해 다른 셰프들과 회의를 거듭했다. 그러던 어느 날 호텔에 머물던 고객과 대화하다가 브라질 요리를 소개받았다. 브라질 요리는 책에서만 접해본 아주 생소한 요리였다. 하지만 브라질 요리 관련 자료를 입수하면서 그는 묘한 매력에 빠지기 시작했다.

"일종의 마력 같은 것이 느껴졌습니다. 국적과 환경이 전혀 다른 곳의 음식이었지만 '이 음식은 정말 맛있겠구나!'라는 것을 직감으로 느낄 수 있었습니다. 사람들은 맛있는 음식을 먹을 때 행복해합니다. 저는 그곳 사람들이 음식을 먹는 모습이 담긴 사진을 보면서 그들이 행복해한다는 것을 알 수 있었습니다. 그래서 브라질 음식을 만들기로 결정한 것입니다."

브라질 레스토랑을 열기 위해 당연한 일 같은 브라질 방문에서는 모든 것이 생각만큼 쉽지 않았다. 상파울루에 도착하자 그들을 기다리고 있는 것은 무더위였다. 혀를 내두를 정도로 무더웠지만 그는 계획한 일정대로 하나씩 진행했다.

가장 먼저 브라질 요리를 담당할 셰프를 찾아야 했다. 인도에서 채용할 수도 있었지만 브라질에서 직접 셰프의 실력을 확인하고 싶었다. 현지 셰프들을 만나 실제로 요리하는 모습을 눈앞에서 확인하고 여러 명을 면접한 뒤 가까스로 셰프를 결정할 수 있었다.

그리고 레스토랑에서 가장 중심이 되는 메뉴를 선정하기 위해 열흘

동안 브라질 시장을 샅샅이 돌아다녔다. 주식에서 후식, 커피까지 그들이 어떠한 것을 먹는지 꼼꼼히 파악했다. 그리고 그들과 어울리면서 그들의 음식에 어떠한 문화가 깃들어 있는지 느꼈다. 단순히 음식만 먹는 것이 아니라 그들의 생활에 녹아든 문화로 음식을 원했기 때문이다. 브라질만의 관습이 있는지, 브라질만의 식재료 궁합이 있는지 파악하면서 메뉴를 개발했다.

열흘 동안 브라질을 방문한 후 레스토랑 '와일드 파이어WildFire'를 오픈했고 결과는 대성공이었다. 기존 음식에 질린 고객은 자연스레 이곳을 찾았으며 브라질 음식과 인도의 맛과 향을 오묘하게 섞은 메뉴를 내놓은 와일드 파이어는 2008년 최고 뉴레스토랑상을 수상했다.

자신의 요리에 대한 정확한 이해와 기본기가 없었다면 닉 플린도 트렌드에 묻혀버리는 요리를 만들었을 것이다. 하지만 탄탄한 기본기에서 나온 음식은 자연스레 다른 환경에 놓인 다른 민족의 입맛도 사로잡았다.

오스트레일리아에서 편안히 살 수 있는 삶을 접어두고 닉 플린이 한국행을 결심하게 된 이유 또한 새로운 맛에 도전해보고 싶었기 때문이다.

사실 우리나라에서 외국인 셰프를 영입한다는 것은 일종의 보여주기를 위한 부분이 어느 정도 있다. 외국인 셰프가 가지고 있는 요리 세계를 100% 받아들이기보다 그의 긍정적 이미지를 마케팅 수단으로 활용하려는 것이다.

하지만 이러한 관행을 비웃기라도 하듯 닉 플린은 현재 인터컨티넨탈호텔에서 레스토랑 전체를 총괄하는 권한을 쥔 총괄이사 자리를 맡고 있다. 마케팅이나 음식의 데커레이션 수준만 높이기 위해서가 아니라 그의 요리 세계를 우리나라에서 충분히 녹여내기를 바라는 마음이 담겨 있는 것이다. 이를 통해 요리사는 단지 음식만 만들기보다 레스토랑, 서비스, 인테리어, 메뉴 등 모든 부분을 총괄할 수 있는 '셰프 Chef'라는 것을 단적으로 보여주게 된다.

닉 플린은 현재 호텔에서도 다양한 프로그램을 진행하고 있다. 레스토랑 메뉴를 관리하는 것은 물론 각종 이벤트 날에 독특한 프로그램을 진행하며 방송에도 참여한다.

우리나라가 닉 플린 셰프의 종착역은 아니다. 아시아의 음식 문화와 오스트레일리아에서 익힌 다양한 민족성이 어우러진 음식 문화가 맛있게 섞여 어디서 어떻게 그의 요리로 탄생할지 기대된다.

최고가 되고 싶다면
몇 번이고 넘어져야 한다

박찬회, (주)박찬회 화과자 대표

1986년, 1988년 서울 국제빵과자전 2회 연속 최우수상 수상

1993년 제과 기능장(MEISTER) 취득

1995년 프랑스 세계제빵경연대회 5위

1997년 프랑스 세계제과경연대회 앙트르메(개인부분) 2위

일본 과자전문학교 & 도쿄제과학교 수료

일본 제빵연구소(JIB) 수료

2000년 10월 대한민국 제과명장 1호 선정

"화과자는 나 혼자 만들 수 없다.
모든 사람이 자기 역할을 충실히 해야 한다.
각각 담당하는 분야에서 최선을 다해야
완벽한 화과자가 만들어진다."

Park Chan Hee 　빨간색이 은은하게 감도는 사과 모양 위에 조그마한 초록잎이 얹어져 있는 화과자和菓子. 노르스름한 밤 형태를 한 만주 위에 올려놓은 호두, 얇은 자주색 한천으로 싸서 무늬를 넣은 과자 등 화과자는 먹기 미안할 정도로 아름답다.

이렇게 아름다운 화과자를 만들기 위해 필요한 것은 '손'뿐이다. 조그마한 화과자 하나하나에 들어 있는 데커레이션은 손으로 빚었다고 하기에는 믿기지 않을 만큼 섬세하고 살아 있다. 첫맛은 눈으로, 끝맛은 혀로 즐긴다는 말이 있을 정도로 화려한 모양을 자랑하는 화과자는 중국 당나라에서 한국으로 건너온 당과자가 일본으로 건너가 '화과자' 하면 '일본과자'라고 할 정도로 일본의 차 문화와 어우러져서 발달한 것이다.

화과자는 궁중의 제례 때 보관하기 어려운 과실을 표현하기 위해 곡식쌀을 갈아 과실 모양으로 만들기 시작한 데서 유래했다. 화려한 색채와 깔끔한 맛을 간직한 화과자는 계절에 피는 꽃단풍, 국화, 장미 등과 새 등 주로 자연의 소재를 담아 만든다.

국내의 한 유명 백화점 지하 식품관에서 일본인 관광객 다수가 신기하다는 듯 한참 동안 서서 구경하더니 양손 가득 화과자를 사갔다. 그들이 산 것은 바로 '박찬회 화과자'다. 중국에서 우리나라를 거쳐 일본으로 전해졌지만 화과자를 꽃피운 곳은 일본이다. 이 일본 사람들이 한국에 와서까지 맛보고 감탄하는 화과자가 있다는 사실이 흥미롭지 않은가? 그 화과자를 만드는 사람은 한국인 '박찬회'다.

대한민국
제과명장 1호

박찬회는 우리나라 최초의 제과명장名匠, 각 기술 분야에서 20년 이상 경력을 지닌 최고 기능인을 대상으로 해마다 고용노동부가 선정하는 국가기술 공인제도이다. 그런데도 그는 매일 아침 6시면 어김없이 일어나 빵을 만들고 정오가 되어야 아침밥을 먹는다. 이른 아침이지만 그의 작업실에는 한 사람도 빠짐없이 출근해 있다. 모든 직원이 함께 아침을 시작하는 것이다.

우선 한천우뭇가사리을 뭉근하게 녹여 색깔을 내는 작업을 한다. 그런 다음 만들고자 하는 특정 제품의 모양에 맞춰 응고시켜 놓는다. 한쪽에서는 찹쌀을 반죽해 경단처럼 잘라 그 속에 팥을 투사한 것을 한천에 촘촘히 쌓아 모양을 잡아낸다. 그러면 다음 사람은 거기에 데커레이션을 한 뒤 마무리한다. 이렇게 하여 만들어낸 화과자는 '물결'이라

는 이름으로 판매된다.

보통 선물용 화과자 20개들이 한 상자를 만들려면 오전 내내 작업해야 한다. 화과자 하나하나의 모양과 색 작업부터 마무리 데커레이션까지 모두 수작업으로 진행하기 때문이다. 이처럼 화과자는 모든 것이 사람 손으로 시작하여 손으로 마무리된다.

일본의 영양 간식으로 자리 잡은 화과자는 눈이 즐거운 음식이다. '일본식和의'라는 뜻이 있는 접두어 '화和'가 붙는 것에서 알 수 있듯 일본을 대표하는 과자가 되었지만 찹쌀, 앙금, 설탕, 한천 등 깨끗하고 순수한 자연 원료로 만드는 화과자는 우리나라 전통 과자이기도 하다. 안타깝게도 지금 유통되는 화과자는 일본식으로 동화된 것이지만 말이다.

팥 70%와 나머지 30%를 찹쌀가루를 사용해 만들어내는 화과자는 떡이라고 표현해도 될 듯하다. 형형색색으로 반짝이는 화과자는 굽거나 찌는 등 만드는 방법에 따라, 들어가는 재료에 따라, 만드는 기술에 따라 수백 가지로 나뉜다. 특히 만드는 사람의 손기술에 따라 과일, 동물 등 다양한 모양을 내는 '조나마화과자를 만들 때 실물과 똑같은 동물 모양 등을 마치 조각하듯 만들어내는 것'류는 한국인의 손재주를 충분히 발휘할 수 있는 부분이기도 하다.

오색빛깔로 반짝이는 화과자를 만드는 것이 더없이 즐겁다는 박찬회 명장. 달콤한 맛도 일품이지만 무엇보다 먹는 이를 행복하게 만들

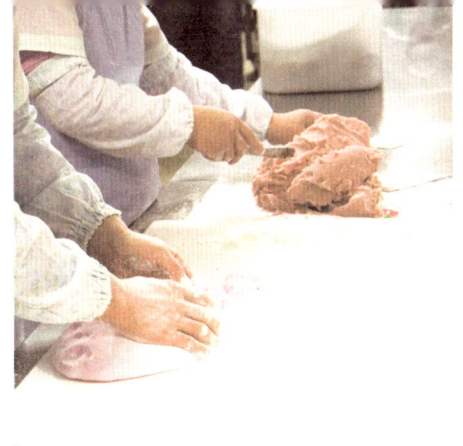

어주는 화과자를 만들기 위해 그는 늘 작업실 안에서 허기도 잊고 바빠 손을 놀린다.

운명을 바꿔놓은
버터빵

"수고하셨습니다. 가시기 전에 버터빵 하나 드세요."

빵집의 고장 난 전기 배선을 수리하는 일을 막 마친 열일곱 박찬회의 손에 노릇하게 구워진 빵 하나가 들린다. 버터가 듬뿍 발라진 노란 빵을 맛보는 순간 소년은 생각했다.

'평생 이런 빵을 먹을 수 있다면……'

아직 부모님의 보살핌이 필요한 열일곱 살이었지만 어려운 집안환

갓 구워져 나온 만주

경 탓에 낮에는 철공소에서 일하고, 밤에는 대학생들이 운영하는 야
학에서 공부했다. 그래도 어렵게나마 공부할 수 있음에 감사해하던
어느 날 철공소에서 일하다가 오른손 엄지손가락 한마디가 잘려나가
는 사고를 당한다. 철공소를 그만두고 무작정 쉴 수만은 없었던 그는
전기상회 급사로 자리를 옮기게 되는데 운명적인 빵과의 만남이 시작
된 것이 바로 그때다.

이후 버터빵의 맛을 잊지 못하던 그는 직장을 그만두고 서울에 있
는 한 제과점에 찾아가 일을 배우기 시작한다. 그곳이 바로 당시 남대
문로 2가에 있던 '뉴욕제과'였다. 고려당, 태극당과 함께 우리나라 3대
제과점이던 뉴욕제과는 5층 건물에 15명이 넘는 기술자가 일할 정도
로 큰 규모를 자랑했다.

하지만 우리나라 최고 제과점의 화려함만큼 그의 제과 인생도 화려
하게 시작된 것은 아니었다. 처음에는 자질구레한 심부름, 물 떠오기,
화장실 청소하기, 뒷정리하기 등 하찮아 보이는 일부터 시작했다. 어

느 정도 시간이 흐른 뒤 그는 앙금 끓이는 일을 담당하게 된다. 하루 종일 뜨거운 가마솥 옆에서 나무주걱으로 앙금을 젓는 일은 열일곱 소년에게는 너무나 고단한 일이었다. 땀이 비 오듯 흐르고 어깨도 아팠지만 그는 누구보다 성실하게 일했다.

"일하는 게 무척 즐거웠습니다. 배고픔을 달랠 수 있다는 것에 더 만족해 힘든 줄 몰랐죠. 그렇게 한 달 동안 일하고 나서 첫 월급을 받았습니다. 500원 정도를 받았는데 그 돈을 받고 나니 제과기술을 열심히 배워보자는 생각이 더 들었습니다."

그날 이후 그는 실력을 쌓기 위해 부단히 노력한다. 나이 많은 선배들 틈에서 살아남으려면 실력을 쌓는 방법밖에 없다는 사실을 일찍 깨달았기 때문이다. 밤늦게 제과점 영업이 끝나면 잠자리에서 몰래 빠져나와 버터로 꽃을 짜는 연습을 했다. 일하면서도 선배들이 만들어내는 작품 하나하나를 머릿속에 넣으면서 실력을 쌓는 데 전념했다.

이렇게 매일 밤 연습을 거듭하던 그에게 기회가 찾아왔다. 국내에서 처음 설립된 제과학교의 기술인재 연수 프로그램 멤버로 발탁된 것이다. 하늘같던 선배들을 제치고 7년차인 그가 뉴욕제과를 대표하여 제과학교에 입학하게 된 것이다. 여기에서 박찬회는 그동안 선배들을 곁눈질하여 배운 기술을 이론적으로 정립하는 소중한 기회를 갖게 된다.

호기심이 만들어낸
캐릭터 케이크

"박 공장장, 아파트 한 채를 줄 테니 우리 제과점에서 일하게."

꾸준히 실력을 쌓아온 그는 1977년 거액에 장기계약을 제의받았다. '아파트 한 채.' 당시 한 달 월급이 20여 만 원에 불과했던 것에 비춰 보면 놀랄 만한 제의였다.

그가 뉴욕제과에서 성실히 일하는 모습을 평소 눈여겨본 명보제과 사장은 그의 정교한 기술력을 높이 평가하여 아파트 한 채를 불쑥 내밀며 명보제과 부공장장을 제의했다. 액수를 떠나 자신의 실력을 인정해준다는 생각에 박찬회는 정든 뉴욕제과를 떠나게 된다.

당시 영화배우 신영균이 운영하던 명보제과는 극장을 가지고 있다는 이유만으로 고객이 많았다. 젊은 연인들이 주로 찾았지만 당시만 해도 꽃이나 나무와 같이 천편일률적인 데커레이션케이크가 전부였다. 그는 새로운 디자인을 고안해야겠다고 마음먹었다.

"워낙 입지가 좋은 곳이라 평범한 케이크를 판매하더라도 매출에 큰 지장은 없었을 것입니다. 하지만 잠시라도 가만히 있는 성격이 아니라 새로운 것을 만들어내고 싶은 욕구를 참을 수 없었습니다. 그래서 생각해낸 것이 제과점이 영화관 바로 아래에 있으니 영화에 나오는 독특한 캐릭터들을 활용하면 좋겠다는 것이었습니다."

그날 이후 그는 영화 〈ET〉에 나오는 외계인을 형상화하거나 미키 마우스에 나오는 생쥐 캐릭터들을 케이크 디자인에 접목하기 시작했다. 설탕으로 눈을 만들고 초콜릿으로 색을 낸 케이크, 분홍색 초콜릿을 녹여서 만든 생쥐 모양 케이크 등 기존에 볼 수 없었던 형형색색 케이크들이 쇼윈도에 전시되자 젊은 사람들은 열광했다.

영화가 끝난 뒤 관객들은 빵집으로 내려와 자신이 보았던 영화의 캐릭터를 보며 즐거워했고 호기심 어린 눈빛으로 케이크를 샀다. 케이크는 말 그대로 불티나게 팔려나갔다. 한여름에는 팥빙수가 하루에 2,000여 그릇이나 팔려나갈 정도로 인기 있던 곳에서 캐릭터 케이크까지 곁들이자 줄이 끊이질 않았다. 박찬회의 실력과 호기심이 맞아떨어진 결과였다.

그는 자신을 이끌어온 열정의 근원을 호기심과 배움에서 찾는다. 사람들은 나이가 들면 새로운 것을 배우기를 꺼린다. 자신이 아는 지식만으로 세상을 살아가는 것이다. 세상은 하루가 다르게 변하지만 자신이 하는 일에 안주함으로써 새로운 것에 대한 호기심과 꿈은 점차 줄어드는 것이다. 호기심과 꿈이 줄어든다는 것은 배움에 대한 관심이 줄어든다는 말과 일맥상통한다.

박찬회는 시간이 날 때마다 직원들에게 '배움'을 강조한다. '실력이 있으면 무엇이든 할 수 있다. 하지만 실력을 쌓기 위해서라면 항상 배우는 자세가 필요하다'라는 진리를 체득했기 때문이다.

배움의 길은 가만히 있는 사람에게는 펼쳐지지 않는다. 자신만의 목표를 정립하고 왜 그 목표를 향해 가야 하는지를 발견하는 '눈'이 있어야 길이 보인다. 관심과 배려 속에서 자신의 길을 향해 걸어가야 따라온다. 열정만 가지고 무턱대고 달려드는 것은 배움이 아니다. 나만의 성공을 위해 고집스럽게 전진하는 것도 진정한 배움이 아니다. 배움에는 열정과 배려가 있어야 한다. 자기 분야에서 최고가 되기 위해 늘 배움의 길을 열어두어야 한다.

빵 한 조각에도
그만의 철학을 담다

명보제과는 충무로 극장가에 자리 잡고 있었고 늘 젊은 관객들로 붐볐기 때문에 박찬회는 항상 그들이 좋아할 만한 상품들을 내놓아야 했다. 영화 속 캐릭터를 활용한 제품으로 인기를 모아 명보제과는 금세 기술인이 27명이나 근무하는 대형 제과점으로 성장했지만 그는 늘 남들과 경쟁해서 뒤처지면 안 된다는 생각 때문에 실력을 향상할 필요성을 느끼고 있었다. 그러던 1985년, 그는 9년 동안 근무한 명보제과를 떠난다.

"자극이 필요했습니다. 제 한계를 느낀 거지요. 뉴욕제과와 명보제과

7

빨간 단풍잎 모양으로 포인트를 준 화과자를 만드는 모습

감을 형상화한 화과자, 방부제를 전혀 사용하지 않고
순수한 자연원료로만 만든다.

에서 수많은 케이크를 만들었지만 그 이상의 배움이 절실했습니다. 지금 돌이켜보면 그때가 제 인생에서 가장 큰 갈림길이었습니다. 당시만 해도 저는 제과기술이 호구지책이라는 생각 이상은 하지 않았습니다. 그런데 제 앞에 그러한 생각을 뒤엎는 분이 나타나셨습니다."

그래서 그는 많은 월급과 공장장이라는 타이틀을 던지고 뉴욕제과에서 3개월간 인연을 맺었던 천재 제과기술자 김충복 선생 밑으로 들어간다. 몇 년 동안 제빵 일을 하다보니 기술적으로는 누구보다 자신이 있었다. 하지만 김충복 선생의 작품을 본 순간 말로 표현할 수 없는 분위기에 압도당하고 말았다.

고수는 고수를 알아보듯 김충복 선생의 작품은 하나하나가 예술작품이라고 해도 손색이 없을 만큼 작품성이 있었다. 이는 김충복 선생이 작품을 만드는 과정에서도 느껴졌다. 설탕으로 장미꽃을 만들 때 한 치의 머뭇거림 없이 선을 긋는 손놀림, 스펀지케이크에 버터를 바르는 부드러운 동작 등 김충복 선생은 모든 실력을 완벽하게 갖추고 있었다. 그리고 김충복 선생의 무한한 상상력은 그가 모든 것을 던지고 김충복 선생 밑으로 들어가게 한 결정적인 이유였다. 빵은 먹는 것이라고만 여기던 당시 사회 분위기와 달리 김충복 선생은 작품 하나하나에 다른 모습을 새겼다.

김충복 선생은 일을 하면서 특별히 박찬회를 꾸짖거나 가르치려고 하지 않았다. 그저 조용히 빵과 과자 굽는 일에만 전념했다. 박찬회는 처음에는 의아하게 생각했지만 곧 그것이 자신만의 빵을 만들기 위한 최선의 길이라는 사실을 깨닫게 되었다.

박찬회는 김충복 선생의 모습을 하나도 빼놓지 않고 배웠다. 꽃을 만드는 방법에서 케이크를 담아내는 것 그리고 빵에 대하여 생각하는 것까지 처음 시작하는 마음으로 모든 것을 다시 배웠다. 그리고 그날 이후 그는 '먹는 빵'을 만드는 것에서 벗어나 '자신만의 빵'을 만들기 시작했다.

그 뒤 박찬회는 서울 국제빵과자전에서 1986년, 1988년 최우수상, 1995년 프랑스 세계제빵경연대회 5위, 1997년 프랑스 세계제과경연대회 2위 등 각종 대회에서 상을 휩쓸며 업계에서 유명인으로 떠오르게 된다.

그리고 2000년 10월 그는 우리나라에서 처음으로 제과 분야에서 명장 타이틀을 받게 된다. 전기 배선공사를 하러 가서 버터빵을 받아먹던 어린 소년이 한국 최고 제과인으로 올라서게 된 것이다. 그가 제빵을 시작하면서 마음먹었던 '한번 해보자'라는 다짐을 하루도 빠짐없이 실천한 결과이기도 했다.

제과의 길로 들어선 지 35년, 그는 단 하루도 늦잠을 자본 적이 없다. 1년에 그가 쉬는 날은 설날과 추석 이틀뿐이다. 그만큼 그는 꿈을 이루기 위하여 철저하게 자신을 채찍질했다.

산속에 난 좁은 길도 계속 다니면 금방 길이 만들어지지만
다니지 않으면 풀이 자라 길을 막는다.

山徑之蹊間, 介然用之而成路, 爲間不用 則茅塞之矣

산속에 생겨난 길은 계속 가지 않으면 금세 없어진다. 그만큼 꾸준
히 지속하기는 어렵다. 몇 번의 노력만으로는 성공을 얻을 수 없다. 자
신이 정녕 원하는 것을 이루기 위해서라면 아무리 고되고 힘들어도
계속 가야 한다. 자전거를 처음 탈 때는 몇 번이고 넘어지지만 수없이
반복하다보면 결국 탈 수 있게 되듯이 말이다.

많은 사람이 꿈을 이루기 위해 목표를 세우지만 이내 포기하고 자
신을 합리화한다. 하지만 이러한 자세로는 성공을 이룰 수 없다. 매일
새벽에 일어나 출근하는 직장인들, 밤늦게까지 맹훈련을 하는 운동선
수들, 아침부터 저녁까지 학교와 학원을 오가는 학생들, 이 모든 사람
이 이렇게 열심히 살아가는 이유는 오늘보다 더 나은 내일을 만들고
싶기 때문이 아닐까? 그렇다면 우리는 항상 꿈을 생각하며 몇 번이고
넘어져야 한다.

설탕과 찹쌀가루로 반죽해 만든 경복궁 작품. 4개월에 걸쳐 완성되었다.

과자로
경복궁을 짓다

김충복 과자점에 합류한 1985년 이후 그의 제과경력은 꽃을 피운다. 마음을 바꾸자 1986년 서울 국제빵과자전에 출전하여 최우수, 금, 은, 동상을 휩쓴 것을 시작으로 1988년 서울 국제빵과자전 최우수상, 조리기능장까지 노력의 결과물을 얻게 된 것이다.

"이왕이면 모든 부분에서 최고라는 말을 듣고 싶었습니다."

1988년 대회를 앞두고 그는 5개월 전부터 대회를 구상했다. 2년 전 이 대회에서 4관왕을 차지했기 때문에 더 좋은 작품을 만들어야 한다는 부담감을 갖고 오랜 시간 구상에 들어갔다. 그러다가 한국의 미를 가장 잘 보여줄 수 있는 '경복궁'을 만들기로 했다.

경복궁을 만들기로 작심하고 처음 한 일은 바로 사진촬영이었다. 작품으로 만들 모델을 선정하기 위해 경복궁에 가서 분주히 움직였다. 일단 만들 대상을 사진을 보며 선정했지만 실제로 이를 어떻게 만들어야 할지 걱정이었다. 그는 종이에 각각의 기둥과 기왓장을 스케치하며 감을 익혔고, 구조를 어떤 식으로 쌓아올릴지 다양한 각도로 시뮬레이션 작업을 했다.

바쁘게 하루 일과를 마친 저녁, 동료 여섯 명과 함께 첫 기둥을 만들기 시작했다. 설탕을 밀가루처럼 빻아서 찹쌀과 반죽해 굳히면 딱딱해

지는 성질을 이용해 지름 15cm에 50kg이 넘는 기둥을 만들었다. 곡선을 이용해 완만하게 만들어놓은 기왓장 수천 개를 하나씩 얹고, 지붕 아래에는 가야금 연주자 20여 명과 장구 연주자들까지 빼곡하게 세웠다. 연주자 한 사람을 만들어 색을 칠한 다음 또다시 한 사람을 만드는 방식으로 모든 작업을 손으로 했지만 손, 머리 할 것 없이 가야금 연주자들의 모습은 기계로 찍어낸 듯 똑같았다.

4개월 동안 공들인 작품이 완성되자 높이가 1m에 달했다. 실로 눈물나는 작업이었지만 국제요리대회에서 손끝이 야문 한국 사람들의 기술력을 보여주기 위한 노력의 결과였으며 전 대회 우승자로서 더 나은 작품을 만들어야 한다는 마음가짐을 단적으로 보여주는 것이었다.

어떠한 분야든 일할 때 강조되는 것들이 있다. 경험도 중요하고 지식도 강조되며 개인의 능력도 필요하다. 어느 것 하나 빼놓을 수 없지만 가장 중요한 것은 일에 대한 '열정'이다. 열정은 자신이 하는 일에 철저히 빠져드는 것이다. 그 일을 생각만 해도 가슴 뛰고 설레서 다른 것은 도저히 생각하지 못하는 것. 그래서 열정이 강한 사람은 아무리 재능 있고 뛰어난 사람과 경쟁하더라도 이겨낼 수 있다.

박찬회는 자신의 꿈을 이루기 위해 세상 사람들이 미련하다고 할 정도로 일에 몰입했다. 평범한 중견 기술인으로 안주할 수 있었지만 대회를 준비하면서 기왓장을 하루에 하나씩 쌓는 열정을 보여 결국 최고 자리에 올랐다.

제과의 고장 프랑스에서
자웅을 겨루다

전국 규모의 경연대회에서 연이어 최우수상을 거머쥐며 베이커리 업계에 이름을 널리 알리기 시작한 그가 돌연 일본 연수를 선언한다. 도쿄제과학교, 일본 과자전문학교 등 해외연수를 통해 시야를 넓히기 위해서였다. 그곳에서 그는 우리나라에서 볼 수 없었던 현대적인 감각의 제과제빵 트렌드를 익힐 수 있었다.

그 시기 해외 연수는 낯설기만 했다. 외국 사람들의 기술이 뛰어나다는 것은 알고 있었지만 그곳에 직접 가서 기술을 배우기에는 복잡한 과정을 거쳐야 했기 때문이다. 하지만 그는 제과제빵 분야에서 세계 최고 기술은 어느 수준인지 궁금했다.

고객이 좋아하는 빵을 만들어낼 수 있는 현실에서 벗어나 기약 없이 새로운 도전을 하는 것 자체가 부질없는 짓이라고 여겨지는 상황에서 박찬회의 일본 연수는 어리석게만 보였다. 그렇지만 그는 결연히 일본행 비행기를 탔다.

"일본은 모든 것이 앞서 있었어요. 우리나라도 잘 만들었지만 일본은 더 잘 만들었습니다. 하다못해 프랑스빵을 만들어도 프랑스 사람보다 일본 사람이 더 잘 만든다는 말이 나올 정도였으니까요."

일본 연수는 그에게 국제적인 감각을 키워주기에 충분했다. 이미

오랜 경력을 통해 실력은 어느 정도 인정받았지만 어떠한 것이 세계적 트렌드인지, 어떻게 해야 고객과 원활히 소통할지 배울 수 있었기 때문이다. 이러한 것들을 통해 그는 좀 더 다양한 기술과 세련된 감각을 얻게 된다.

1995년 어느 날 트렌드를 익히기 위해 해외 잡지를 보는데 프랑스에서 열리는 세계제과제빵요리경연대회 홍보 문구가 눈에 들어왔다.

'세계대회? 한번 참가해볼까?'

그는 이미 우리나라에서 열린 대회에서 연거푸 수상한 터라 자신감이 넘쳤다. 그는 망설이지 않고 일본에서 배운 국제적인 감각을 활용하기 위한 첫 시험대로 이 대회를 선택했다.

하지만 실제로 대회에 출전하기까지 어려움이 상당했다. 당시만 해도 유럽국가와 정보교류가 거의 없었기 때문에 대회도 공식 통로가 아니라 한국제과우수기술자협의회를 통해 접수해야 했다.

막상 프랑스에 도착했지만 아무 연고도 없는 도시에서 그는 큰 혼란에 빠졌다. 가장 기초적인 정보수집부터 연습장 마련까지 모든 것이 쉽지 않았다. 대회에 참가하기 위해 경연대회 날짜보다 열흘 정도 일찍 출발한 것이 그나마 위안이 되었다. 다행히 지인의 소개로 프랑스인 '필립'을 만나 그의 가게에서 연습하게 되었다. 박찬회와 팀원 두 사람은 필립의 가게가 문을 닫는 밤부터 새벽까지 대회에서 선보일 부분을 집중적으로 연습했다.

  그렇게 열흘이라는 시간이 훌쩍 지나고 대회 날이 다가왔다. 각국을 대표하는 일류 제과제빵인이 자웅을 겨루는 국제대회였기 때문에 쉽지 않을 거라고 각오는 했지만 현장 분위기는 그 이상이었다.

  대회는 아침 6시부터 오후 3시까지 무려 아홉 시간 동안 진행되었기 때문에 팀원들의 의사소통 정도나 체력도 무시할 수 없었다. 그가 참가한 종목은 프랑스빵 12kg, 르방 12kg, 브리오슈와 퍼프페이스트리 3종목이었다.

  "올해는 프랑스 영화 탄생 100주년이 되는 해입니다. 이러한 취지에 맞추어 이번 대회 주제 또한 영화로 결정했습니다. 선수 여러분은 영화와 관련된 작품을 만들어주시기 바랍니다."

  심사위원장이 대회 주제가 '영화'라고 발표하는 순간 박찬회의 얼굴엔 희미한 웃음이 피어올랐다. 명보제과에서 수도 없이 만들어본 것이 영화 캐릭터 아니던가? 다른 팀들이 어떻게 만들어야 할지 허둥대는 동안 한국팀은 곧바로 구체적인 사항을 의논했다.

  "미키 마우스와 영사기를 만드는 게 좋을 듯합니다. 영사기는 설탕을 좀 더 녹여 충분히 굳으면 사용하고 미키 마우스는 프랑스빵에 응용하면 좋을 듯합니다."

  "반죽을 충분히 하고 썹을 때 식감을 살리기 위해 발효시간을 5분 정도 더 주는 것이 좋겠어요."

  대회 전 열흘 정도 합숙한 덕분인지 대회가 시작되자 세 사람은 계획대로 척척 진행했다. 한쪽에서 반죽을 하고 다른 한쪽에서 데커레이션에 쓸 장식을 만들면 다른 한 사람은 전체적인 조율을 맞추며 제출할 작품을 빠짐없이 준비했다.

그렇게 정신없이 빵 만들기를 몇 시간, 잠시 고개를 들었는데 한국 팀 부스 앞에서 많은 외국인이 구경하고 있는 것이 아닌가. 당시만 해도 유럽에서 아시아계 사람들을 보는 것조차 드문 일이었기 때문이다. 그런데 한국 사람들이 자신들의 빵을 아무 말 없이 척척 만들어내는 것에 놀라서 사람들이 하나둘 모여들었던 것이다. 뾰족한 장비로 장식을 세심하게 만들 때면 나지막이 탄성을 지를 정도로 호기심 어린 눈빛이 가득했다.

오후 3시, 아홉 시간에 걸쳐 제출해야 할 모든 작품을 만들었다. 그러고는 바로 주저앉아 버렸다. 긴장이 풀렸기 때문이다. 가만히 서 있을 힘도 없어서 한쪽에 주저앉아 스르르 잠이 들었다. 그렇게 몇 분이 지났을까? 갑자기 큰 소리에 놀라 벌떡 일어났다.

"꼬레아! 꼬레아!"

모든 사람이 일어나 꼬레아를 외치고 있었다. 세계 최고의 제과제빵대회에서 5등이라는 좋은 성적을 거둔 것이다. 비록 1등은 아니었지만 첫 출전한 대회에서 베이커리 선진국들을 제치고 상위권에 진입하자 모든 사람이 박수를 쳐주고 있었다.

그때까지만 해도 우리나라에서 세계대회에 출전하는 것은 전무후무

한 사건이었다. 이 일로 빵은 단순히 먹는 것이라고만 여겼던 고정관념을 조금이나마 깰 수 있었다. 또 이렇게 큰 대회에서 입상함으로써 후배들에게도 자신감을 줄 수 있었다. 우리 실력도 정상급이니 노력하면 충분히 된다는 자신감, 노력하면 누구나 할 수 있다는 것을 보여주었다. 이 대회는 우리나라 제과제빵업계에 신선한 바람을 불러일으켰다.

얼마 전 열린 세계제과제빵요리대회에서 한국팀이 상위권에 입상했다는 소식이 전해졌다. 프랑스와 미국 등 선진국들이 여전히 1, 2위를 다투지만 우리나라 제과제빵 수준이 상당히 높아졌다는 것이 현지 전문가들의 평가다.

과거에 비해 지금은 어린 시절부터 해외로 유학가 현지인보다 더 나은 실력을 쌓는다. 기술적으로는 물론 문화적으로도 그들의 생활을 충분히 이해한 뒤 만들어내는 작품의 수준은 지금이 더 낫다고도 할 수 있다. 하지만 오로지 열정 하나만으로 똘똘 뭉쳐 부딪쳤던 박찬회 명장의 도전은 여전히 빛이 난다.

화과자의
매력

"그렇게 놓아두면 앙금이 타버리잖아. 빨리 저어!"

"지금 만주_{속에 앙금을 가득 채워 구운 화과자}를 꺼내야지!"

"복분자 양갱 다 굳었습니다. 가지고 나갈까요?"

작업실 안에서는 수십 명의 목소리가 부딪친다. 반죽기에 찹쌀가루를 가득 넣고 반죽하는 사람, 앙금을 찍는 사람, 양갱을 굳히는 사람, 꽃을 그리는 사람, 마지막 단계에서 포장하는 사람까지 각자 자기 자리에서 일을 해내고 있다.

이 모든 일이 순간적으로 이루어지므로 잠시도 쉴 틈이 없을 정도로 숨 가쁘다. 화과자를 만드는 전 과정이 수작업으로 진행되기 때문에 매일 저녁이면 모두 녹초가 된다.

"제가 다양한 데커레이션 기술을 가지고 있고, 과자를 만드는 능력이 남들보다 뛰어나지만 화과자는 저 혼자 만드는 것이 아닙니다. 모든 사람이 자기 역할을 충실히 해야죠. 각각 담당하는 분야에서 최선을 다해야 완벽한 화과자가 만들어집니다. 반죽을 빚는 데 3개월, 단풍을 꽂는 데 3개월, 앙금을 넣는 데 3개월, 만주를 구워내는 데 3개월, 꽃을 능숙하게 만드는 데 1년 등 다양한 분야를 잘 섭렵하기 위해서는 오랜 시간 꾸준히 연습해 자신만의 노하우를 만들어야 합니다. 요즘 사람들은 남들보다 튀는 것이 중요하다고 하지만 그보다 더 중요한 것은 묵묵히 자신이 맡은 일을 해내는 것이 아닐까 하는 생각을 합니다. 자신이 맡은 일을 기본부터 충실히 닦아놓으면 자연스럽게 응용이 가능하기 때문입니다."

곶감을 얹은 만주

화과자는 모든 공정이 손끝에서 시작해 손끝으로 완성된다.

실제로 그의 과자점에서 일하는 직원들은 대부분 경력 10여 년을 훌쩍 넘긴 고수들이다. 화과자 하나를 만드는 데도 10개 이상의 공정이 필요하고 모든 과정은 수작업으로 진행한다. 명절이 가까워지면 이른 아침부터 새벽까지 작업하지만 그의 과자점에서 지금까지 중도에 그만둔 사람은 없다. 오히려 그의 과자점에서 일하고 싶어 하는 사람들이 줄을 설 정도다. 왜 그럴까? 이를 알기 위해 그가 화과자를 본격적으로 만들기 시작한 때로 돌아가보자.

박찬회 명장이 최고의 화과자 제조 기술을 가지고 있지만 화과자를 본격적으로 만들기 시작한 것은 베이커리 업계에 입문한 지 30년이란 시간이 흐른 뒤였다. 30여 년 동안 최고 직장에서 근무하며 경력을 쌓고, 국내 최고의 화과자 기술을 보유했지만 첫출발은 초라하기 그지없었다.

성공하려면 입지조건이 중요하다는 것을 알면서도 배후상권이 좋지 않은 곳에 제과점을 내다보니 걱정이 앞섰다. 제과점을 여는 데 필요한 자금이 넉넉지 않아 좋은 위치에 입점할 수 있는 상황이 아니다. 하지만 1995년 2월 문을 연 '브리앙 과자점'은 우려와 달리 이내 지역 주민들에게 '맛있는 제과점'이라는 명성을 얻게 된다. 그의 숙련된 기술을 인정받았기 때문이다.

"이름 없는 작은 제과점이 성공하기 위해서는 먼저 제품력을 인정받아야 한다는 것은 분명했습니다. 좀 더 솔직히 이야기하면 그 방법 말고는 달리 선택의 여지가 없었다고 해야겠죠. 그래서 선택한 것이 바로 '화과자'였습니다."

　하루가 다르게 소비 취향이 달라지는 시대에 화과자를 판매하는 것은 도박처럼 보일 수 있다. 하지만 어려운 상황에서도 고객에게 다소 생소한 화과자를 성심성의껏 설명하고 권유한 덕분에 매출이 꾸준히 늘어났다. 이는 양과자만 만들어내는 다른 제과점에서는 쉽게 볼 수 없는 모습이었다. 또 '맛으로 승부하겠다'는 박찬회 명장의 고집과 실력이 뒷받침된 결과이기도 했다.

　성남 변두리 자그마한 제과점에서 시작했지만 이제는 전국 유명 백화점에 12개 매장을 운영하며 판매사원들까지 합하면 70여 명이 함께 일하는 제과점을 일구었다. 끼니만 해결해도 좋다는 생각으로 뉴욕제과에 입사한 소년이 우리나라를 대표하는 제과인으로 성장한 것이다.

"즉흥곡은 결코 즉흥적으로 만들어진 작품이 아니다.

　영감은 노력하지 않고 나오는 것이 아니라

　힘겨운 노력 끝에 생성되는 것이다."

　스페인의 바르셀로나 파밀리아 대성당을 설계한 건축가 안토니오 가우디Antonio Gaudi y Cornet의 말이다. 오늘을 사는 이들에겐 박찬회 명장의 고집과 느린 걸음이 답답해 보일 수도 있지만 그가 남들이 하는 만큼만 했다면 지금의 자리에 오를 수 있었을까?

이왕 할 일이라면 죽기 살기로 해보자. 청춘은 지나가면 그만이고 시간은 되돌아오지 않는다. 자기 일을 열정을 가지고 한다면 결과는 다를 것이다. 성실한 사람은 표정부터 다르다. 일하겠다는 마음가짐, 꼭 해내야겠다는 자세가 되어 있기 때문이다. 집중력을 한곳에 모아 발휘하면 하지 못할 일이 없다.

"그저 만드는 생각만 합니다. 어떻게 하면 더 잘 만들 수 있는지만 생각해도 하루가 모자라니까요. 그렇게 하면서 제 자신만의 강점이 만들어졌습니다."

36년 동안 외길을 걸어온 박찬회 명장을 지켜본 사람들은 그가 우직하다고 말한다. 그는 하루도 빠짐없이 매일 아침 똑같은 시간에 나와 일한다. 요즘 사람들은 자신의 일에서 멀티 플레이어가 되어야 한다고 주장한다. 오로지 한 우물만 파던 옛날과 달리 여러 분야 일을 유연하게 하는 자세가 필요하다고 외친다.

그러한 점에 비추어볼 때 박찬회 명장의 우직함은 어리석어 보일 수도 있다. 하지만 박찬회 명장은 자신만의 강점을 만들고 그 길을 만들기 위해 우직하게 나아가는 것을 단순명쾌하게 실천하고 있다. 많은 사람이 알고 있지만 누구나 하지 못하는 것. 박찬회 명장에게 우직함이란 성공할 수 있었던 최고의 '길'이자 성공을 위한 최선의 '키워드'였다.

나는 프로페셔널이다
정홍연, 레꼴두스 대표

1996년 도쿄제과학교 졸업
2001년 재팬 케이크쇼 초콜릿 대형공예 부문 연합회 회장상(1위)
　　　　일본 리가로열호텔 도쿄 수석제과장
2003년 쿠푸뒤 몽드(세계과자대회) 한국 대표 출전(8위)
2003년 일본 도쿄텔레비전 챔피언 크리스마스 케이크 부문 우승
2005년 일본 로열호텔 '더 로열' 멤버로 선정
2008년 레꼴두스 오픈
2009년 쿠푸뒤 몽드 한국 대표 출전(5위)

Jung Hong

"하고자 마음을 먹으니 할 수 있을 것 같았다.
아니 꼭 하겠다고 마음먹었다.
그리고 나서 남들보다 두 배 더 열심히 일했다."

June Hong Soon "흰자 150g으로 머랭을 만든 뒤 설탕을 넣고 거품을 잘 만들어주세요."

"스펀지에 커피 에센스를 충분히 발라야 합니다. 촉촉해질 때까지요."

"천천히 만들어보세요. 너무 급하게 하지 않으셔도 돼요."

서래마을에 위치한 레꼴두스 L'ecole Douce의 베이킹 강습실에서 많은 학생이 그의 얘기를 하나라도 놓칠세라 집중해서 듣고 있다. 최고의 베이킹 기술을 가지고 있지만 누구나 따라 하기 쉽게 진행하는 베이 킹 수업은 따로 홍보하지 않아도 매번 개강하면 곧바로 매진될 정도 로 입소문이 자자하다.

'오페라 Opera'를 만들기 위해 반죽을 얇게 펼쳐서 만든 스펀지넓게 펼쳐 만든 카스텔라, 주로 케이크를 만들 때 사용한다에 에스프레소 에센스를 듬뿍 넣은 버터크 림을 촉촉할 정도로 발라준다. 그 위로 또 다른 스펀지를 얹고 녹여놓 은 초콜릿을 발라준다. 나이프를 다루는 손길은 그가 일본 최고 수석 제과장이었음을 단번에 알 수 있게 해준다.

짤주머니로 평평하게 짜놓은 버터크림 위로 초콜릿을 뿌린 뒤 냉장

고에 충분히 둔다. 이렇게 만들어놓은 케이크 위에 필기체로 'Opera'
라고 쓴다. 몇 시간 전만 해도 밀가루와 설탕가루였던 것들이 그의 손
을 거쳐 최고의 디저트로 변신했다.

오전 실습이 끝난 뒤 그는 곧바로 마카롱을 만들기 위해 준비한다.
아몬드가루, 슈거파우더, 설탕, 생크림 등 마카롱에 들어갈 재료를 준
비한다. 서울의 한 마카롱 전문점에서 그의 실력을 인정해 모든 제품
을 그에게 일임했기 때문이다. 그는 오후 늦게까지 마카롱 만들기에
집중했다.

모든 재료를 정확하게 계량하여 반죽한 뒤 작고 동그란 틀에 짜준
다. 165도에서 정확히 12분간 가열한 뒤 뜨겁게 달궈진 오븐을 열자
그의 주방 안은 고소한 냄새로 가득 찬다. 아침부터 저녁까지 잠시도
쉬지 않고 일하면 지칠 법도 하지만 그의 눈빛은 여전히 반짝인다.

L'ecole Douce
달콤한 학교를 꿈꾸다

빵의 본고장 프랑스만큼 제과제빵 수준이 높다는 일본의 제과
제빵업계를 평정한 이가 바로 정홍연이다. 일본 최고 호텔인 리가로열
호텔에서 수석 파티셰로 있던 그가 2008년 돌연 한국으로 돌아왔다.

레꼴두스에서 베이킹 수업을 진행하고 있는 정홍연 셰프

그러고는 서울의 작은 프랑스라고 불리는 서래마을 중심에 레꼴두스 L'ecole Douce를 오픈했다. L'ecole학교 + Douce달콤한, 즉 달콤한 학교라는 뜻의 레꼴두스는 그가 직접 강의한 뒤 제품을 고객에게 판매하는 공간이다.

이곳에서 정홍연 셰프가 만들어내는 빵과 과자들은 프랜차이즈 제과점에서 기계적으로 찍어내는 제품들 속에서 빛이 난다. 신선하고 맛있는 빵을 원하는 고객들의 폭발적인 반응이 이어졌기 때문이다. 그리고 이제는 프랑스 본토 과자보다 더 프랑스 과자답다며 아침이면 프랑스 사람들이 찾아올 정도다.

과자 하나, 초콜릿 하나까지도 철저하게 최고의 맛을 내기 위해 노력하는 정홍연 셰프. 주위의 시선에 신경 쓸 법도 하지만 그는 명함도 휴대전화도 잘 사용하지 않는다. 그의 머릿속에는 하루 종일 달콤한 맛을 만드는 생각만 가득하기 때문이다.

눈물로 보낸
설거지 생활 1년

도쿄제과학교東京製菓學校, 1953년 창설. 제과, 제빵, 화과자 분야의 명문학교. 이곳 출신 인재들이 전 세계적으로 활약하고 있다를 졸업했지만 정홍연은 곧바로 취업하지 못했다. 확실한 목표를 가지고 취업한 동기들에 비해 그때까지만 해도 딱히 무엇을 해야 할지 미래에 대해 명확하게 그림을 그려놓지 않았기 때문이다.

동기들은 유명 호텔에 취업하거나 가업을 이어받아 가게를 운영하기도 했다. 공부를 좀 더 하겠다며 다른 나라로 떠나는 친구들도 있었다. 한 시절을 치열하게 보냈지만 청년 정홍연은 딱히 이렇다 할 꿈도, 희망도 없었다.

그러던 어느 날 도쿄제과학교 동기인 아내가 도쿄 시내 한 제과점에 가서 면접을 보라고 권유했다. 면접일 저녁 7시까지 제과점으로 오라는 말을 듣고 그는 깔끔한 정장 차림으로 면접 장소로 향했다.

그는 '최신 트렌드에 맞는 디저트는 무엇인가?', '제과란 무엇인가?' '존경하는 파티셰는 누구인가?' 등 면접장에서 나올 만한 질문에 대한 답을 생각하며 두근거리는 마음으로 제과점에 도착했다.

"면접 보러 왔나? 그럼 생크림 케이크를 하나 만들어보게."

케이크를 만들어보라는 셰프의 말에 무거운 쇳덩어리로 뒤통수를 맞은 듯 그는 한참 동안 멍하니 서 있었다. 면접을 본다기에 정장으로 깔끔하게 차려 입고 달려왔을 뿐 곧장 실습을 하리라고는 생각도 못하였기 때문이다. 그래도 가만히 있을 수 없어 나이프를 들고 케이크 시프트에 크림을 바르기 시작했다.

학교에서 몇 번 연습해 만드는 방법이야 알고 있었지만 실전 경험은 없었으니 서투른 솜씨를 숨기기에는 역부족이었다. 손에는 생크림이 덕지덕지 묻었고, 케이크에는 한눈에 봐도 형편없는 솜씨가 드러났다. 더 지켜볼 수 없었는지 셰프가 따끔하게 일침을 놓았다.

"이게 뭐야! 이걸 생크림케이크라고 만든 거야? 이런 걸 대체 누가 먹으라는 거야? 너희 한국 사람이 만드는 빵은 모두 쓰레기야!"

자신과 동갑이었던 셰프에게 꾸지람을 들은 정홍연은 가슴이 찢어질 듯한 부끄러움에 눈물이 났다. 뒤돌아볼 것도 없이 제과점 밖으로 뛰쳐나왔다. 비가 세차게 내렸지만 그는 자전거를 타고 정신없이 몇 시간 동안 달렸다. 그리고 가슴속으로 다짐하고 또 다짐했다. 꼭 정상에 올라서겠다고.

그날 이후 모든 것이 달라졌다. 유명한 제과학교를 나왔다는 데 만족하는 것이 아니라 일본에서 최고 자리에 서야겠다는 목표를 세웠다. 그러고는 일본 최고 호텔인 '리가로열호텔'에 입사했다.

하지만 정홍연이 부서를 배치받아 처음 일한 곳은 설거지 파트였다. 당시만 해도 한국인에게 일본은 쉽지 않은 곳이었다. 한국인이라는 이유만으로 방을 빌려주지 않는 것은 물론 일본어가 서툴다고 조롱거리로 만드는 것이 다반사였다.

"그때가 가장 어려운 시기였습니다. 내가 왜 이런 일을 해야 하나? 명문 제과학교를 졸업했는데 하루 종일 설거지나 하고 있으니 하루에도 수백 번, 수천 번 그만두고 싶었습니다. 정말 힘든 시간이었죠. 하

지만 반드시 이 호텔에서 최고가 되어야겠다는 목표가 있었습니다."

그렇게 설거지만 1년 넘게 하던 어느 날 그에게 기적 같은 일이 생겼다. 정신없이 설거지를 하는데 총주방장이 그를 호출한 것이다.

"당신은 베이커리로 입사했는데 왜 설거지만 하는 건가? 지금 당장 베이커리 부서로 옮기게."

정홍연의 성실함을 눈여겨본 총주방장의 파격적인 조치였다. 하지만 그는 설거지 생활에 지쳐 다른 호텔의 이직 제의를 받고 이곳을 떠나기로 결심한 상태였다. 그래서 총주방장의 좋은 제안도 단번에 받아들일 수 없었다. 속사정을 쉽게 드러내지 못하고 우물쭈물하자 총주방장이 말했다.

"이곳에서 딱 5년만 일하게. 그런 다음 다른 곳으로 떠나도 좋아."

정홍연은 결국 무섭고 엄하기로 소문난 총주방장의 제안을 받아들였다. 그때부터 본격적인 제과 인생이 시작되었다. 하지만 그의 호텔 생활은 생각만큼 쉽지 않았다. 리가로열호텔은 일본 최대 체인 호텔로 역사가 70여 년이나 되었으며 계열사 직원만 1만 8,000명이 넘을 정도의 대규모 호텔이었지만 그 때문에 만들어진 불필요한 규칙이나 레시피가 너무 많았다. 보지도 않으면서 정리해놓은 보여주기식 레시피와 오랜 시간 이어져온 나쁜 관습이 그를 힘들게 만들었다. 그러나 그는 결코 꿈을 놓을 수 없었다. 호텔에 내려오는 전통 중 좋은 점만 받아들이고 새로운 것들을 만들려고 노력했다.

정홍연은 실력을 제대로 보여주려면 어떻게 해야 할지 곰곰이 생각했다. 몇날 며칠 생각한 끝에 각종 요리대회에 참가하여 실력을 인정받는 것이 최선의 방법이라고 결론 내렸다. 그래서 일본 제과제빵요리대회에 여러 번 출전하여 입상하면서 호텔에서 탄탄한 입지를 굳히게 된다.

그렇게 두각을 나타내기 시작한 그는 이후 리가로열호텔 최고 직원에게만 주는 '더 로열'이라는 칭호까지 얻었다. 항상 새로운 메뉴를 개발하고, 새 맛을 찾으며 밤을 지새우던 시절이 지나가자 언제까지 닫혀 있는 문일 것 같던 수석제과장 자리가 그에게 돌아왔다.

어느 날 정홍연에게 도쿄의 리가로열호텔 제과 파트를 총괄하지 않겠느냐는 제의가 들어왔다. 그의 눈앞에는 고생한 지난날이 스치듯 지나갔다. 갖은 고생을 하며 버틴 설거지 시절, 외국인이라고 무시하던 일본인, 그러한 주방에서 치열하게 생활한 나날. 그때까지 고생한 것이 눈 녹듯 사르르 사라지는 순간이었다.

일반적으로 호텔에 입사해서 5년 정도 일하면 퍼스트 쿡의 직책을 얻게 된다. 그리고 7~10년 되면 주임 조리사가 되고, 그 후 역량에 따라 한 파트의 요리장이 되는 데 보통 15~20년 걸린다. 그런데 정홍연은 8년 동안 모든 것을 이루었다. 언어가 통하는 한국에서도 불가능한 드라마 같은 일이 아닐 수 없었다.

"이제까지 외국인이 조리장이 된 적이 없었기에 꼭 해보고 싶었습니다. 하고자 마음을 먹으니 할 수 있을 것 같더군요. 아니, 꼭 하겠다고 마음먹었습니다. 그러고 나서 남들보다 두 배 더 열심히 일했습니다."

2004년 정홍연은 리가로열호텔 사상 처음으로 외국인 수석제과조리장이 되었다. 그리고 이전까지 어떤 외국인에게서도 예를 찾을 수 없는 최고 대우를 받았다. 이는 그들이 정홍연의 능력을 인정한다는 의미였다. 10여 년 전 생크림케이크도 제대로 만들지 못한 정홍연이 이제는 일본을 대표하는 호텔의 수석제과장이 된 것이다.

리가로열호텔은 일본의 민간 영빈관 가운데 하나로 여겨질 정도로 유명하며 오사카를 중심으로 도쿄, 교토, 히로시마 같은 10대 대도시에 자리하고 있다. 일본 황실은 물론 세계의 황실, 국가 수상이나 정부 고위관료들에게 호평을 받은 곳으로 유명하다.

특히 정홍연 파티셰가 관리한 리가로열호텔 도쿄는 126개 객실을 갖추고 있으며 오쿠마 정원과 메지로다이의 신록을 관망할 수 있는 다양한 객실을 구비하고 있다.

판 초콜릿. 초콜릿을 템퍼링해서 과일분말과 건조 과일, 견과류를 넣고 굳힌다.

이기는 방법은
자기 자신을 이기는 것

정홍연은 총주방장의 지시로 베이커리 주방에서 일하게 되었지만 일본인 동료들의 한국인에 대한 편견과 불공평함은 말로 설명할 수 없을 만큼 심했다. 선배들은 허구한 날 말도 안 되는 일을 시키고 제대로 하지 못하면 화를 내기 일쑤였다.

정홍연이 새로운 아이디어를 내거나 기존 레시피를 거스르는 작품을 만들어내면 동료들은 그를 엄청난 곤경에 빠뜨렸다. 대화가 원활하지 않은 일본어 실력 또한 그가 극복해야 할 벽이었다. 고양이 사료를 밥으로 착각해 먹은 적이 있을 정도로 일본 생활의 어려움은 한두 가지가 아니었다.

"어떻게 하면 제가 그들에게 인정받을 수 있을까? 서열이 가장 아래였던 제가 그들에게 실력을 인정받으려면 콩쿠르요리대회에 나가서 상을 받는 것 말고는 다른 방법이 없었습니다. 그것도 몰래 해야 한다는 조건이 있었죠. 제가 남아서 연습하는 것을 그들이 알았다면 꽤 곤란한 상황이 벌어졌을 것입니다."

호텔에서 인정받기 위해 요리대회에 참가하기로 결심한 정홍연은 첫 번째 대회로 일본에서 가장 큰 행사인 '재팬 케이크쇼Japan Cake show'를 택했다. 해마다 도쿄에서 열리는 재팬 케이크쇼는 케이크, 슈거 크레프트, 초콜릿 등 모든 제과제빵 분야에서 실력을 겨룰 수 있는 가장 큰 행사로 제과제빵과 관련 있는 모든 사람이 몰려들었기 때문이다. 대회까지는 한 달 남짓밖에 남지 않았지만 그는 누구보다 잘할 자신이 있었다.

대회를 준비하면서 정홍연이 가장 먼저 한 일은 대회장을 방문하는 것이었다. 그는 그곳에서 제품을 운반할 동선과 전시장 환경을 꼼꼼히 확인했다. 그리고 기상청 데이터를 찾아 미리 기온을 체크했다. 이는 날씨에 민감하게 반응하는 초콜릿 작품이 심사하는 동안 축축해져 모양이 뭉개지거나 작품 이동 과정에서 발생할지도 모르는 모든 문제를 미리 방지하려는 것이었다.

이러한 기본적인 사전 작업을 먼저 한 뒤에야 그는 무엇을 만들지 구상했다. 대회를 앞두고 낮에 일하는 시간 외에 출퇴근길은 물론 꿈속에서까지 자신만의 능력을 선보이기 위해 구상에 전념했다.

'첫 대회, 어떤 작품을 만들 것인가?'

정홍연은 처음 출전하는 대회에서 최고 작품을 만들고 싶었다. 그렇게 며칠이 지난 뒤 그는 드디어 작품을 디자인했다. 일단 무엇을 만들어야 할지 결정하고 나니 연습하는 일만 남았다. 매일 하루 일과를 마치면 집에 가는 척하고 빠져나온 뒤 다시 호텔로 돌아갔다.

그리고 퇴근하고 아무도 없는 주방 한쪽에서 들키지 않으려고 전등 불 하나만 켜놓고 초콜릿 작품을 연습했다. 여러 가지 초콜릿을 중탕

해 커다란 기둥을 만들고 초콜릿이 굳을 때까지 기다렸다. 초콜릿이 굳으면 다시 초콜릿을 바르고 나이프로 선을 긋고 모양을 잡았다. 이런 과정을 몇 번 거쳐 한 축을 만들었다. 이렇게 연습하다 지치면 주방 바닥에 박스를 깔고 잠을 잤다.

대회가 열리는 날 아침 정홍연은 아무도 모르게 택시를 타고 대회장으로 향했다. 그가 참가한 분야는 '초콜릿 대형공예'로 미리 만들어 온 제품으로 평가를 받게 되어 있었다. 참가자들이 만들어온 작품이 경연장 가운데에 있는 심사 테이블에 놓였다. 각각의 작품에는 번호표만 붙여 누가 어떤 작품을 만들었는지 알 수 없게 한 상태에서 심사위원단이 공정하게 평가했다. 드디어 대회 결과가 발표되었다.

"재팬 케이크쇼 초콜릿 대형공예 부문 3등 정홍연!"

첫 출전이라 노심초사하다가 자신의 이름이 불리자 정홍연은 그 자리에 털썩 주저앉았다. 그러고는 한참 동안이나 그렇게 앉아 있었다. 1등은 하지 못했지만 첫 출전치고는 만족할 만한 성과였다. 정홍연은 그제야 자신이 입상한 사실을 호텔 직원들에게 알렸다.

'어떻게 그 상을 받았느냐?'에서부터 '직접 만든 것이 맞느냐?'까지 부러움 가득한 질문을 쏟아냈지만 모두 그의 실력을 인정해주며 이제까지와는 다른 시선을 보내기 시작했다. 치열했던 그의 도전이 결실을 맺는 순간이기도 했다.

자신만의 목표를 정해놓고 그것을 이룰 때의 짜릿한 기분. 정홍연은 여태껏 느끼지 못한 자극을 받았다. 이 신선한 자극은 그가 리가로 열호텔에서 수석조리장에 올라서기까지 가장 큰 원동력이 되었다. 그리고 이듬해 정홍연은 또다시 이 대회에 도전해 1등을 차지한다.

"처음 도쿄제과학교를 졸업하고 일할 곳을 찾지 못해 어려웠던 기억이 아직도 생생하다. 그런 힘든 경험이 지금 일하는 데 원동력이 되고 토대가 되었다. 일본과 한국의 제과업계를 비교할 때 일본이 우위라는 생각을 많이 하는데 최근에는 실력이나 아이디어 면에서 한국의 기술인들도 뒤지지 않는다고 생각한다. 한국에 있는 제과기술인들도 자신감을 갖고 도전해보라고 권하고 싶다."

-우승 직후 인터뷰 중

세상에서 하나뿐인
세계에서 가장 비싼 케이크

2003년 겨울, 그는 흥미로운 제안을 받았다. 세계 굴지의 다이아몬드 회사인 DT Diamond Trading Company 사에게서 세상에서 가장 비싼 케이크를 만들어달라는 제안을 받은 것이다. 그의 실력을 익히 알고 있던 DT에서는 최고의 보석과 최고의 케이크의 절묘한 조화를 기대하며 이 프로젝트를 제안한 것이다.

"처음 이 프로젝트를 제의받았을 때 전혀 주저하지 않았습니다. 오히려 꼭 도전해보고 싶었습니다. 물론 고난의 시간이 되겠지만 또 다른 도전이라고 생각했습니다."

요리사가 식재료의 전반적인 맛을 이해하고 이를 바탕으로 음식을 담아낸다면, 파티셰는 처음부터 어떠한 맛을 만들지 정확하게 측정한 뒤 작품을 만들어낸다. 요리사가 본능과 영감에 의존하듯 파티셰는 항상 계획과 예측으로 대비해야 한다.

예를 들어 파운드케이크를 만들면서 소금은 얼마나 넣어야 하는지, 밀가루와 설탕의 비율은 어때야 하는지, 각각의 재료가 어떻게 섞여서 구워지는지 정확한 지식이 없으면 이러한 디저트들은 재료만 섞어놓은 것과 다를 바 없다. 그렇기 때문에 실력 있는 파티셰가 되려면 성분과 맛 그리고 작품에 대한 시각적·예술적 감각을 동시에 지녀야 한다.

이렇게 전문적으로 요구하는 조건이 전통적인 요리사가 지녀야 하는 것보다 더 많을지 모르지만 전체 요리에서 디저트는 화룡점정을 의미할 정도로 중요하기 때문에 이런 수고는 당연한지도 모른다.

1년이라는 제작기간이 남아 있었지만 세상에서 가장 비싼 케이크를 만드는 것은 생각보다 훨씬 더 어려웠다. 가장 먼저 어떠한 콘셉트로 만들지가 관건이었다. 케이크와 다이아몬드의 아름다움을 어떻게 조화시킬지는 이번 행사에서 가장 중요한 부분이었다. 그는 '지구에서 보내온 다이아몬드'라는 주제로 전반적인 케이크 모습을 스케치했다. 그리고 어떠한 디자인으로 만들지 한 번에 하나씩 꼼꼼히 체크했다.

　행사 한 달 전 그는 본격적으로 케이크를 만들기 시작했다. 크리스마스와 연말연시에 먹을 수 있는 프루츠케이크를 기본으로 한 슈거 크래프트 케이크Sugar craft cake. 설탕으로 장식한 케이크로 데커레이션을 화려하게 할 수 있기 때문에 주로 소장용으로 만든다를 만들기로 결정한 것이다. 케이크를 완성하기 위해 총 170캐럿에 이르는 다이아몬드 수백 개가 필요했기 때문에 주방 안은 보안요원들로 북새통을 이루었다.

　12월 7일 도쿄 우에노에 위치한 일본 국립박물관에는 시가 2억 엔 상당의 케이크가 전시되었다. 총 170캐럿에 이르는 다이아몬드 223개로 장식된 이 케이크는 20cm 높이에 육각형 2단 레드 케이크였다. 케이크에는 다이아몬드를 상징하는 육각형의 틀에 다이아몬드가 탄생한 마그마의 중심을 형상화한 붉은색 슈거 크래프트 반죽을 사용했으며 크리스마스를 상징하는 포인세티아가 그려져 있었다. 다이아몬드와 케이크가 절묘하게 조화된 것이다.

　세상에서 가장 비싼 케이크가 전시되고 있다는 소식이 알려지자 언론의 관심이 집중되었다. NHK, 니혼 TV 등 수많은 언론에서 이 작품을 취재했고 정홍연 파티셰는 일약 스타로 떠올랐다. 전시 기간 내내 많은 관람객이 전시장을 방문하고 언론의 취재가 이어졌다. 이 케이크는 기네스 사상 세계에서 가장 비싼 케이크로 기록됐다.

세계에서 가장 비싼 다이아몬드 케익을
만든 직후 일본 신문에 실린 사진

　전시회가 끝나고 세계에서 가장 비싼 케이크는 정홍연 파티셰가 근무하는 리가로열호텔과 혼바시에 위치한 다카시마야 백화점 본점에서 며칠 동안 전시되었다. 케이크를 전시한 뒤 '똑같은 케이크를 만들어 달라'는 주문이 밀려들어 한동안 눈코 뜰 새 없이 바쁜 나날을 보냈다.

　미국의 유명한 심리학자 잭 호프먼의 논문에 따르면 번지점프대에 올라간 사람은 밑에서 기다리는 사람보다 점프할 확률이 80%나 높다고 한다. 일단 점프대로 올라가면 밑에서 '내가 뛸 수 있을까?'라고 생각했던 것과 달리 '그래, 한번 뛰어보자. 이번에 안 뛰면 언제 뛰어보겠어?'라는 긍정적인 생각으로 바뀌기 때문이다. 정홍연 파티셰는 늘 자신에게 닥치는 일을 모험으로 생각하고 긍정적으로 받아들였다. 어떠한 일이든 겪어보면 그 과정에서 많은 것을 얻는다고 생각했다.

eo & Julienne

마차를 넣어 만든 마카롱

'더 로열'이
되다

　　파티셰가 '변화'를 추구해야 다양한 맛이 조합된 맛있는 디저트가 탄생한다. 요리에 유행이 있듯 디저트에도 유행이 있다. 하지만 디저트는 요리보다 유행에 더 민감하다. 사람들은 새로 나온 디저트에 열광하지만 금세 지루해하며 새로운 디저트를 원한다. 그래서 파티셰는 늘 새로운 디저트를 개발하기 위해 노력해야 한다.

　　정홍연 파티셰가 총책임자가 된 뒤 가장 많이 달라진 것은 바로 '변화'를 추구한다는 것이었다. 그는 기존에 가지고 있던 모든 레시피를 비우려 했다. 비록 70여 년이나 된 역사가 깊은 호텔이지만 한 번도 보지 않고 책장에만 꽂아두는 레시피는 전혀 도움이 되지 않는다고 생각했기 때문이다. 시대가 변하면 사람들의 입맛도 변하듯 그는 늘 새로운 맛을 찾고 싶어 했다.

　　"저는 언제까지나 호텔에서만 있을 거라고 생각하지 않았습니다. 호텔에 있는 직원들의 가장 큰 문제점은 '현장감이 떨어진다'는 것이었습니다. 일반적인 로드숍에서 만드는 제품과 호텔에서 만드는 제품에는 어느 정도 거리가 있습니다. 자신이 언제까지나 호텔에 있을 거라고 생각하는 것은 큰 오산입니다. 실력을 쌓고 언제든지 현장과 부딪칠 준비가 되어 있어야 하며 그러기 위해 늘 대비해야 합니다."

크렘당주. 하얀 마스카르포네 치즈 속에는 후람보와즈를 젤라틴에 넣어 굳힌 붉은 빛 젤리가 들어 있다.

매일 크고 작은 연회가 열려 바빴지만 그는 매일 15개 이상 새로운 제품을 만들어 매장에서 판매했다. 조그마한 타르트에서 조각케이크까지 기존 연회나 식사에서 제공하지 않는 제품들을 만들어 내놓았다. 며칠이 지나자 이러한 변화를 가장 빨리 알아챈 사람은 바로 '고객'이었다. 그들은 일반 로드숍에서는 맛볼 수 없는 제품들이 이곳에 준비되어 있는 것에 만족스러워 했다.

그래서인지 어느 순간부터 오전이 지나기 전에 케이크가 동나는 상황이 발생했다. 호텔 베이커리숍이 가지고 있던 고질적인 문제점을 해결해나가려는 그의 노력이 결실을 맺는 순간이기도 했다.

이 일로 정홍연은 1만 8,000명이 근무하는 리가로열호텔 그룹에서 단 10명만 받을 수 있는 '더 로열The Loyal'에 선정된다. 소믈리에, 도어맨, 웨이트리스 등 각 분야의 최고급 서비스맨에게만 수여되는 더 로열이 되면 일계급 특진과 함께 상금도 있었다.

그리고 그에게는 그보다 더 큰 선물이 기다리고 있었다. 더 로열에 선정되고 며칠 뒤 그는 총주방장의 방으로 호출되었다. 그리고 총주방장의 축하 메시지와 함께 깜짝 놀랄 이야기를 들었다.

"이제부터는 조리복에 태극기를 달아도 되네."

"네? 정말인가요?"

"그렇다네. 이제는 자네가 한국인이라는 것을 숨길 필요가 없다고 생각하네. 그동안 고생 많았네."

일본으로 건너와 일한 지 십 몇 년. 정홍연은 조리복에 태극기를 달고 당당히 한국인이라고 알릴 수 있게 된 것이다. 이는 정홍연 파티셰의 뛰어난 실력을 일본인들이 인정한 것과 동시에 '한국인도 제과기술이 뛰어나다'라는 것을 알리는 자랑스러운 사건이었다.

아직 멈추지 않은 도전

어렵고 힘든 시절을 거쳐 일본 최고 호텔에서 제과장 자리에 올랐지만 그는 또 다른 도전을 위해 한국으로 돌아왔다. 남들은 꿈의 직장을 버리고 돌아왔다고 아쉬워했지만 정홍연은 호텔에서 정상의 자리에 오르자 자신이 처음 배울 때 가졌던 열정이 식어가는 것을 느꼈다. 더 오를 곳이 없는 곳에서 후배들을 가르치는 것보다 지치지 않는 도전의식을 일깨워줄 무엇인가가 필요했다.

결국 정홍연은 오랜 일본 생활을 정리하고 한국으로 돌아와 궁극적인 꿈을 이루기 위한 작업에 착수했다. 그는 가장 먼저 한국에서 프랑스의 상징인 서래마을에 '레꼴두스'를 오픈한다.

"학교에서 배우는 것들을 실무에서 적용하기에는 한계가 있습니다. 학교에서 이론적인 부분과 기본적인 부분을 가르치는 선생님들도 정작 사회에서는 어려움을 겪는 경우가 많습니다. 이러한 부분을 충분히 보완해서 이론과 현장을 동시에 포괄할 수 있는 제과학교를 만들고 싶습니다."

정홍연은 호텔에서 근무할 때도 이론과 실무를 겸비한 제과인이 되는 것이 목표였다. 그는 조그마한 과자를 굽더라도 제대로 된 제품을 만들었고, 항상 일정한 맛을 유지하려 노력했다. 소규모 자영 제과점들이 자금과 조직을 앞세운 기업형 베이커리의 공세에 밀려 점차 설자리를 잃어가는데 레꼴두스는 오히려 놀랄 만큼 빠른 시간 안에 많은 이들에게 입소문이 퍼져 국내 제과업계의 블루칩이 되었다.

정홍연은 한국에 들어와서도 여전히 실력을 향상하기 위해 노력하고 있다. 특히 2009년에는 전 세계 제과 트렌드를 좌우하는 '쿠푸뒤몽드cope de nonde da la patisserie, 세계제과대회는 1989년부터 2년에 한 번씩 열리는 대회로 각국의 실력과 파티셰들이 모여 실력을 겨루며 전 세계적으로 가장 인정받는 대회다'에 출전했다. 프랑스 리옹에서 열린 쿠푸뒤 몽드에는 세계 최강의 실력을 자랑하는 프랑스를 비롯해 아르헨티나, 벨기에, 브라질, 일본, 이탈리아 등 22개국에서 파티셰 수백 명이 참가했다. '플레이트 오브 디저트', '프로즌 프루트 요거트', '아이스 카빙', '초콜릿 디저트'로 나뉜 이 대회에서 정홍연, 김영훈, 이석원이 팀을 이룬 한국팀은 세계 강호들을 제치고 당당히 5위에 오르는 기염을 토했다.

우승은 세계 최고 실력을 보유하고 있는 프랑스팀에게 돌아갔지만 쌀을 주식으로 하는 아시아 국가에서 상위권에 입상한 것은 놀랄 만한 일이었다.

세계 제과의 흐름을 좌우하는 쿠푸뒤 몽드에 나가려면 먼저 한국 대표로 선발되어야 하는데, 이 과정을 통과하기 위해 그는 2년 정도 부단히 노력했다. 이를 통해 식지 않은 그의 열정을 단적으로 볼 수 있다.

일본 최고 호텔에서 일본 최고 파티셰들을 이기고 최고 자리에 오른 한국인 파티셰 정홍연. 믿을 수 있는 것은 오직 '실력'밖에 없었기에 낯선 땅 일본에서 그는 일에만 매달렸다. 부단히 노력해서 간절히 원하는 것을 얻는 기쁨을 알게 되는 그때가 바로 전성기가 아닐까 생각해본다.

한 잔에 담은 건 술이 아니라
나의 혼이다

송명섭, 전통주 무형문화재

1999년 죽력고를 술로 상용화
2002년 '아름다운 우리 술을 찾습니다' 전통주 공모대회 최우수상
2003년 전라북도 무형문화재 선정

"죽력고를 만드는 과정은 복잡하고 시간도 배 이상 더 걸린다.
고생한 만큼 수익도 나지 않는다.
하지만 정성이 들어간 술을 한순간에 포기할 수는 없었다.
내가 만드는 술은 8할이 정성이니까."

Song Myung Seob 현란한 기술이나 해박한 지식보다 '요리의 8할은 정성'이라고 할 만큼 요리할 때 정성은 매우 중요하다. 이는 술을 빚을 때도 마찬가지다. 우리의 고유한 음식과 술은 만드는 과정 하나하나에 예술작품을 다루듯 정성을 다해야지 허투로 해서는 제맛이, 제 빛깔이 나지 않는다. 누룩 선택에서 마지막 잔을 채우는 순간까지 최선을 다하는 명장이 있다. 송명섭이 바로 그다.

한국의 국주는
무엇인가

해마다 11월이면 언론에서는 프랑스에서 보졸레 누보Beaujolais Nouveau가 나왔다고 대서특필하곤 한다. 그해 수확한 포도로 만들어내는 보졸레 누보는 시큼하고 맛이 센 편이어서 와인을 즐겨 마시지 않는 이들에게는 부담스러운 게 사실이다. 하지만 그 판매량은 엄청나다. 뉴욕, 파리 등 전 세계적으로 판매되는 보졸레 누보의 매출은 웬만

한 기업의 1년 수입과 맞먹을 정도로 어마어마하다. 이 정도면 와인을 프랑스의 국주國酒라고 해도 되지 않을까?

프랑스는 와인, 멕시코는 데킬라, 러시아는 보드카, 일본은 사케……이처럼 각 나라를 대표하는 술들은 저마다 그 나라의 문화와 민족성을 담고 있다. 이 때문에 술은 문화적 상징물로 여겨지기도 한다.

최근 막걸리 열풍이 불면서 맥주업계에 비상이 걸릴 만큼 막걸리의 인기가 폭발적이다. 한낮의 힘든 노동 중 시원하게 목을 축여주던 서민들의 대표 술 막걸리는 어떤 음식이든 잘 어울리고 독하지 않아 이제는 외국인들이 더 많이 찾는다. 여성들이 선호하는 술이 약진하는 지금 달콤새콤하고 도수가 약한 막걸리는 가장 트렌디한 술이 아닌가 싶다. 그렇다면 막걸리가 우리나라를 대표하는 국주일까?

한류 열풍이 불면서 한국 문화와 함께 전통 먹을거리가 떠오르고 있다. 그 가운데서 가장 주목해야 할 부분이 '전통주'다. 우리나라는 전 세계적으로 유명한 전통주 생산 국가였다. 집집마다 고유의 비법으로 가양주家釀酒를 빚어 마셨기에 맛은 제각각이었다. 전국 각지의 특산물이 다르고 계절별로 수확할 수 있는 곡물과 약초가 다양했기 때문에 맛이 천차만별이었던 것이다.

그리고 쌀이나 보리 등과 같은 주재료와 발효제로 사용하는 누룩에서 독특한 천연 향을 느낄 수 있었기에 화학주와는 맛의 깊이에서 차이가 컸다. 전통주의 종류는 조선 말기까지 1,000가지가 넘었지만

1907년 조선총독부가 주세령을 포고하면서 가양주 제조를 엄격히 금
지하자 그 수가 서서히 줄어들기 시작했다.

조선 3대 명주
죽력고

  전북 정읍시 태인면 버스터미널에서 처음 만난 송명섭 명인에
게서는 사람 냄새가 났다. 우람한 체격에 백발, 부리부리한 눈매에서
겉보기와 달리 한없이 따뜻한 사람이라는 느낌이 전해졌다.

  대문 없는 그의 집 마당에는 100년은 됨직한 커다란 향나무가 서
있고, 양옆으로 장독대들과 누룩이 가지런히 놓여 있다. 시멘트 칠이
듬성듬성 벗겨진 채 세월을 고스란히 담고 있는 태인양조장이 한눈에
들어왔다. 한쪽에는 막걸리 박스가 잔뜩 쌓여 있었고, 술을 듬뿍 머금
고 쌓여 있는 술지게미도 있었다. 누룩과 술지게미 더미 사이에서 지
난날 열여덟 명이 눈코 뜰 새 없이 일했던 태인양조장의 부귀영화
가 파노라마처럼 눈앞을 스쳐갔다.

  양조장이 잘될 적에는 사람들이 너무 많이 와 술을 사갔는데 술을
사기 전 한두 잔씩 맛볼 때 내놓을 수 있는 최고의 안주가 바로 소금
이었다고 한다. 소금이 아니라 김치라도 안주로 내놓게 되면 다른 술

집에 피해를 주게 되니 천일염이야말로 최선의 선택이요, 최고의 술 안주였던 셈이다.

송 명인이 빚은 죽력고에서는 청아한 대나무 향이 났다. 그러다 갑 작스레 향은 사라지고 파도처럼 몰려오는 알싸한 알코올 기운에 정신 이 확 들게 만들었다. 술기운은 코와 눈, 머리끝까지 전해져 몸과 마음 이 정화되는 듯한 느낌이 들고 취기가 올라온다기보다 구름 위를 걷 고 있는 듯한 느낌이 들었는데 시간이 더 지나자 온몸이 후끈 달아올 랐다. 죽력고의 신비로운 맛에 그저 감탄할 뿐 달리 할 말이 없었다.

"죽력고는 32도 정도 됩니다. 하지만 취하는 느낌은 들지 않을 겁니 다. 저는 술은 음식이라고 생각합니다. 그러니 음식을 만들 때 정성이 들어가는 것은 당연합니다. 어떻게 하면 맛있게 만들 수 있을까 고민 에 고민을 거듭하며 술독 앞에서 몇날 며칠을 지새운 적도 있습니다."

요리사에게 가장 중요한 것은 자신이 만든 음식에 대한 자신감이 다. 자기가 만들어내는 맛에 확신이 있어야 고객을 상대할 때도 그 기 로 충분히 제압할 수 있다. 술을 만들 때도 마찬가지다. 자기가 담근 술의 맛이 어떻다는 확신이 있지 않으면 술의 맛이 기울게 된다. 이러 한 노력과 과정은 '치열함'으로 표현해야 할 듯하다.

술을 만들 때 들어가는 재료는 별것 없다. 하지만 정형화된 레시피 를 가지고도 사람들이 만들어내는 술맛은 제각각이다. 각자 들이는 '정성'이 다르기 때문이다. 기를 불어넣고 정성을 담아내면 눈에는 보

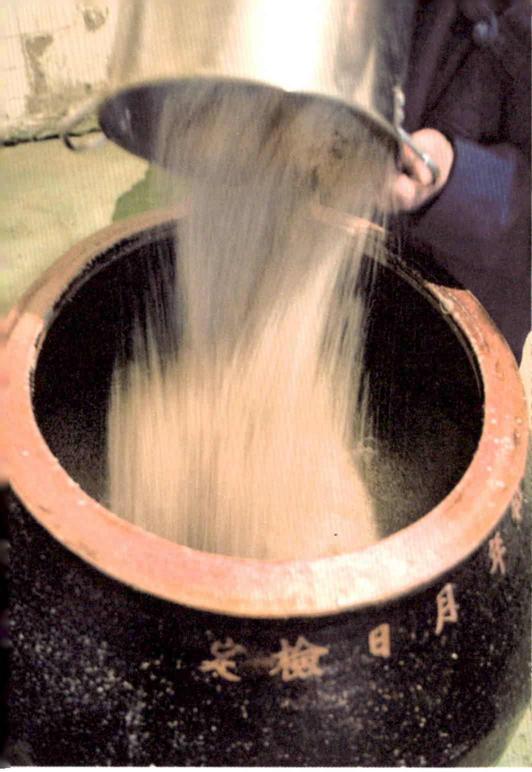
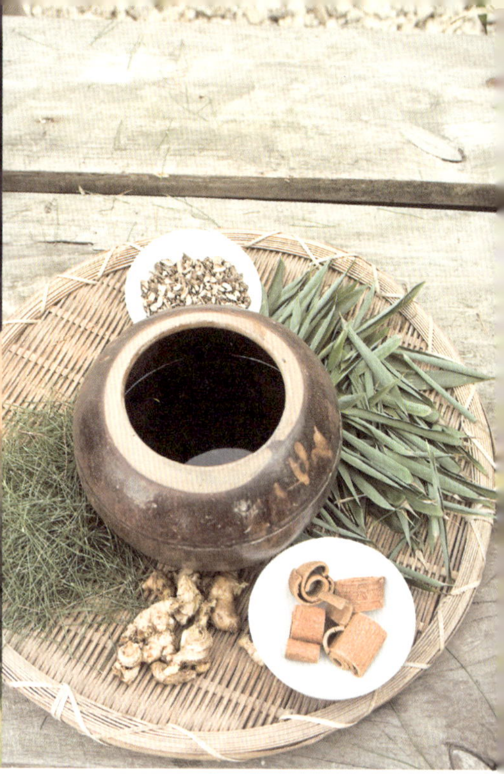
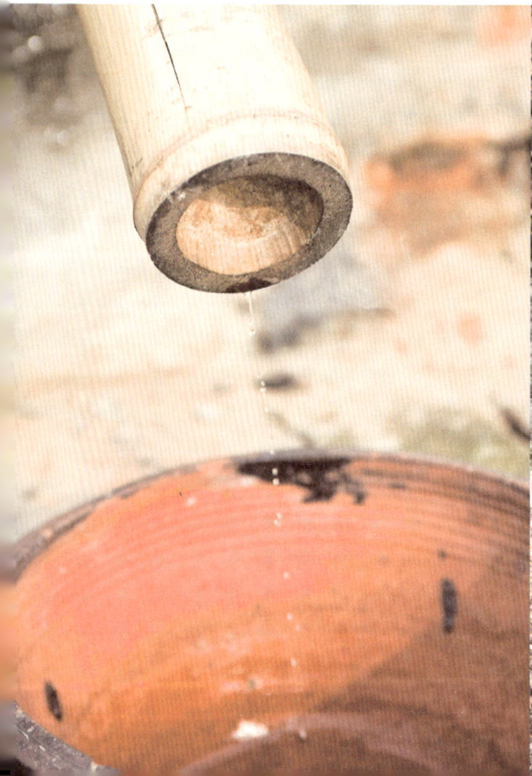
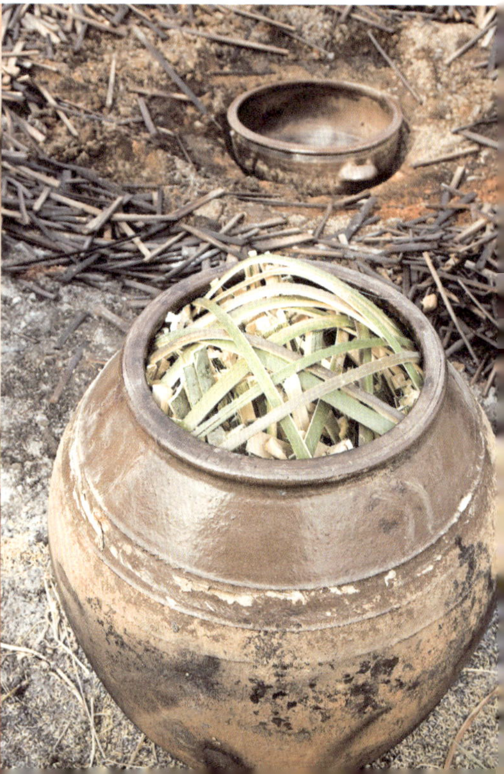

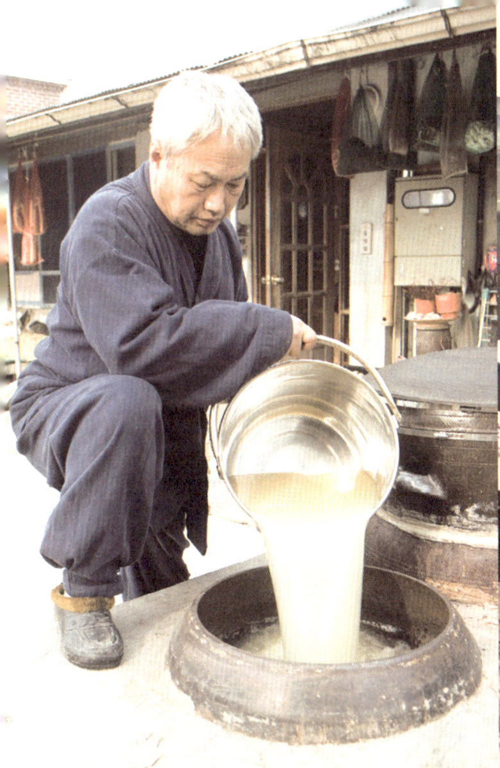
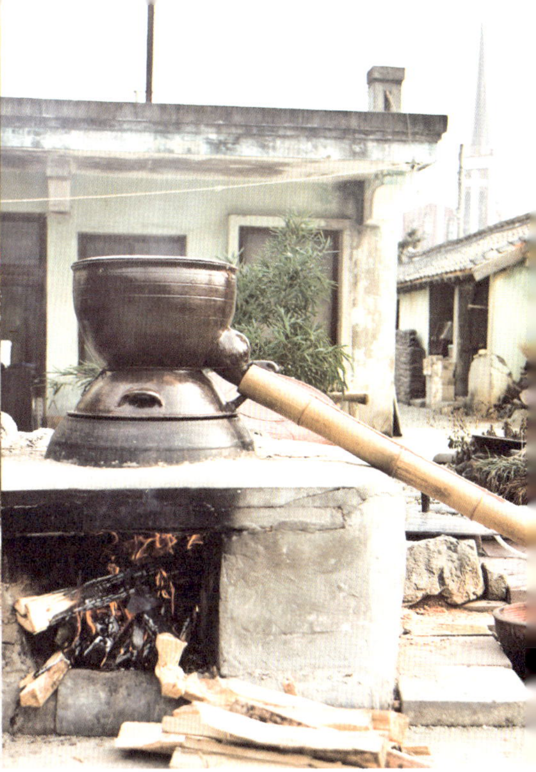
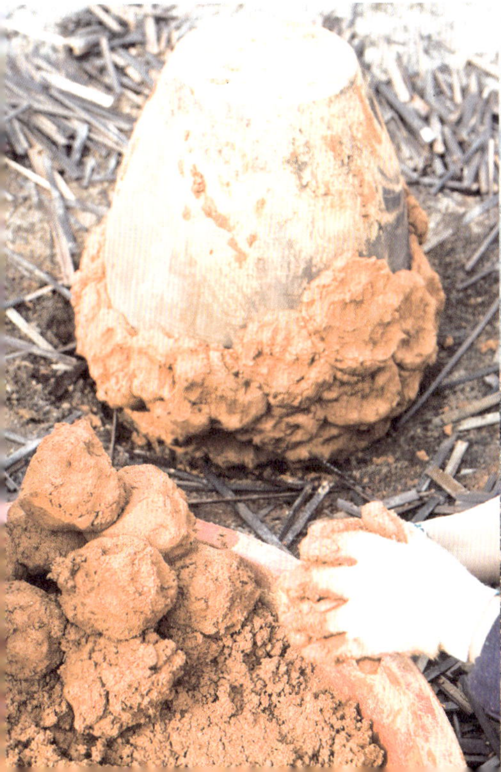
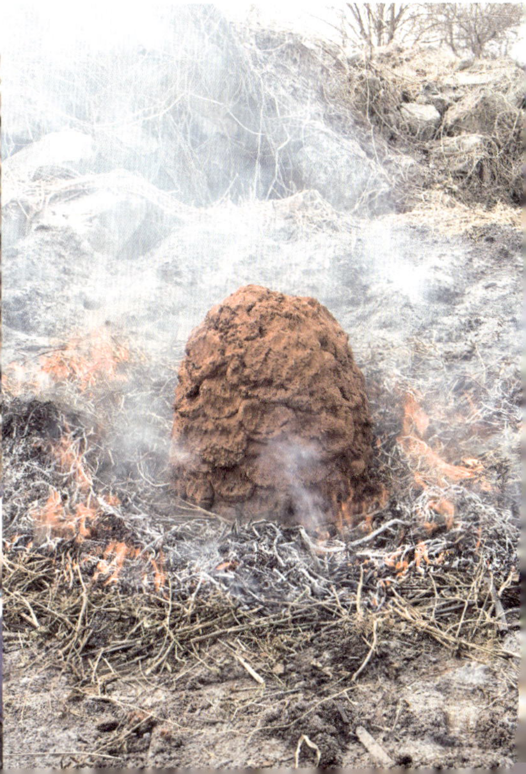

이지 않지만 술을 익게 만들고 자신만의 맛이 술에 녹아들어 독특한 전통주가 탄생하는 것이다.

간절함으로
술을 익히다

　　태인양조장에서는 죽력고와 더불어 막걸리도 만드는데 화려했던 과거의 나날들과 달리 이제는 일주일에 두 번만 만들어낸다. 송명인이 막걸리를 만드는 과정은 이렇다. 먼저 빨간색 고무대야에 쌀을 가득 붓고 태인면의 깨끗한 지하수를 퍼 올린다. 그리고 불순물이 하나도 보이지 않을 때까지 쌀을 깨끗이 씻는다. 이렇게 정성들여 씻은 쌀로 고두밥을 지은 뒤 누룩을 합쳐 커다란 항아리에 숙성시키는 것으로 모든 과정이 마무리된다.

　　송 명인은 막걸리를 만들 때 국내산 쌀만 사용하며 아스파탐Aspartame. 단맛이 설탕의 200배나 되는 아미노산계 식품 감미료을 넣지 않는다. 대량으로 생산해볼 생각이 없느냐는 제의도 많이 받았지만 그렇게 하지 않는 이유는 간단하다. 아스파탐을 넣으면 맛이 없어지기 때문이다. 어릴 적 느꼈던 막걸리의 맛, 구수하면서도 걸쭉한 끝맛이, 입 안을 사로잡는 그 맛이 바로 막걸리의 매력이라는 사실을 누구보다 잘 알기 때문이다.

어린 시절 태인양조장은 동네에서 분주하기로 손꼽히는 곳이었다. 지금도 모내기철이 되면 밤새 일해야 할 정도로 일이 많아진다. 동네 사람들이 대부분 농사를 짓는지라 일하는 도중 새참으로 들어가는 막걸리는 모두 이곳에서 담당한다. 당시만 해도 농촌에서는 한 집 논일을 여러 집이 도와주는 '두레'가 일반적이었는데, 모내기를 하는 날이면 막걸리 소비량이 두세 배로 늘어나는 것은 기본이었다.

막걸리가 맛을 내려면 일반적으로 4~5일은 기다려야 하기 때문에 사람들이 많이 모여서 일해야 하는 날에는 일주일 전쯤 예약을 받아서 만들어내곤 한다.

그러던 어느 날, 며칠 뒤 사용할 막걸리를 점검하던 송 명인은 깜짝 놀랐다. 며칠 동안 후텁지근했던 날씨 탓인지 막걸리 맛이 변해버린 것이다. 술이 없으면 일하는 데 상당한 지장을 받기 때문에 그는 어떤 수를 써서라도 막걸리를 다시 만들어야 했다. 그는 재빨리 쌀을 씻어 밥을 지은 뒤 항아리에 술을 담갔다. 그런 다음 술독 앞에 앉아서 이틀 동안 쉬지 않고 술독과 이야기했다.

"술이 떨어지면 어떤 상황에 처할지 불을 보듯 뻔했지요. 농사일을 할 때 술은 생활이라고 할 수 있습니다. 도시 사람들이 느끼는 그것과 다르죠. 술이 익기를 바라는 마음밖에는 없었습니다. 그리고 술에게 간곡히 제 마음을 이야기했습니다."

이렇게 간절한 마음을 술이 알아서였을까? 모내기하는 날 말로는 설명하기 어려운 일이 일어났다. 그가 술을 담근 지 이틀 만에 술이 먹기 좋을 정도로 익은 것이다. 이를 통해 그는 사람들과 신뢰를 유지할 수 있었고, 그해 태인면 농사도 대풍으로 이어졌다. 그는 그때 일을 지금도 생생히 기억한다. 그리고 절대 불가능할 것 같은 일도 간절한 마음이 전해지면 이루어진다는 것을 깨달았다.

송 명인은 지금도 여전히 막걸리를 만들기 위해 잠을 자다가 몇 번씩 일어나 술독을 저어준다. 이처럼 술을 사랑하고 정성스럽게 다루는 그 마음이 술독에 전해져서 그만의 특별한 술이 익는다. 이러한 정성이 들어간 술은 다른 곳의 술보다 더 맛있을 수밖에 없다. 그는 여전히 자신만의 소통법으로 술독에 간절함을 담아 술을 만든다.

술은 음식이고 나는 음식을 정성으로 만든다

최남선은 《조선상식문답》에서 조선을 대표하는 3대 술에 대해 이렇게 설명했다.

가장 널리 퍼진 술은 평양의 '감홍로'로 소주에 단맛 나는 재료를 넣고 홍곡으로 발그레하게 빛을 낸 것입니다.

막걸리를 만들 때 쓰는 누룩. 송명섭 명장은 직접 누룩을 빚어 사용한다.

그다음이 전주의 '이강고'로 니맷물과 생강즙으로 꿀을 섞어 빚은 소주입니다. 그리고 그다음은 전라도의 '죽력고'로 푸른 대나무를 숯불 위에 올려놓아 뽑아낸 액을 섞어서 만들어낸 소주입니다.

죽력고는 대나무가 많이 나는 전라도에서 이어져 내려오던 술로, 주酒 자를 쓰지 않고 고膏 자를 사용하는 것부터 흥미롭다. 고膏는 한방에서 많이 사용하는 단어로 오랜 시간 달여서 자작하면서 진득해진 상태를 일컫는다. 예를 들면 고약이 바로 그렇다.

그런데 '고'라는 의미를 술을 빚는 처지에서는 '고급 술'로 이해할 수 있다. 단순히 술을 빚어 내리는 것이 아니라 오랜 시간 정성껏 만들어낸 술만이 '고'라는 칭호를 받을 수 있기 때문이다.

"특별히 술을 배우기 위하여 노력한 적은 없습니다. 그냥 자연스럽게 배우게 되었습니다. 술은 저에게 특별함 그 이상도 그 이하도 아니었기 때문입니다."

송 명인이 술을 빚게 된 이유는 단순하다. 부모님이 태인양조장을 운영하셨고 그 덕에 자연스럽게 술 빚는 법을 알게 되었다. 어머니의 할아버지가 한약방을 하면서 약으로 사용하기 위해 여러 가지 약술을 빚었는데 그중 하나가 바로 죽력고였다. 어머니는 그 영향을 받아 양조장을 하면서 죽력고를 빚었고, 외증조부 대에서 송 명인에 이르기까지 4대째 죽력고를 빚게 된 것이다.

송 명인의 어머니는 항상 그를 등에 업고 일했다. 술맛을 보기 위해 손가락으로 술독을 휘휘 저은 뒤 쪽 빨아 먹는 모습을 본 어린 송명섭은 어머니가 혼자 맛있는 것을 먹는 줄 알고 매번 울음을 터뜨렸다. 그러면 어머니는 그의 울음을 달래기 위해 손가락에 술을 찍어 맛을 보여주었다.

양조장집 막내아들로 태어나 아기 때부터 어머니 등에 업혀 술맛을 익힌 송 명인은 술과는 떨어져 살아본 적 없는, 술 자체가 삶이었다. 송 명인이 몇 십 년째 술을 빚는 이유는 무엇일까?

"저는 주_酒가 아닌 고_羔를 만들기 때문입니다."

송 명인이 술을 빚는 이유는 간단했다. 그는 죽력고가 주酒가 아닌 고羔 자를 쓰기를 원하기 때문이었다. 비슷한 것 같지만 주酒와 고羔 사이에는 우리가 모르는 것이 있었다. 바로 '정성'이었다. 고羔를 만들려면 주酒에 들어가는 몇 배의 '정성'을 들여야 했다. 레시피는 동일하지만 술을 만들기 위해 들이는 노력과 정성이 마지막 술 한 방울의 맛을 결정하는 것이다.

송 명인은 처음 술을 만들 때부터 자신은 죽을 때까지 고羔를 만들겠다고 마음먹었고 지금도 그 일을 하고 있다. 술을 빚기 시작하여 30년이 지난 지금까지 그가 술을 빚기 위해 하는 일은 똑같다. 누룩을 만들고, 물을 긷고, 불을 땐다. 세월이 흘러 머리는 백발이 되었지만 송 명인이 처음 술을 빚을 때 마음먹었던 정성만은 그대로다.

송명섭 명장의 어머니(왼쪽)와 어린 송명섭

그렇기 때문에 세월이 흘러도 송 명인의 술맛은 여전하다. 물론 이정도 유지하기까지 어려움과 고통을 상당히 겪었다. 날씨가 추운 날따뜻한 이불 속으로 들어가고 싶기도 했으며, 피곤한 날이면 매시간저어야 하는 술독에 나가지 말까 고민도 했다. 하지만 그는 자신이 나약해질 때마다 이런 질문을 던졌다.

'내 정성이 부족한 것은 아닐까?'

실패한 사람들이 현명하게 포기할 때 성공한 사람들은 미련하고 어리석어 보일 만큼 포기하지 않는다. 그 사람의 정성을 보지 못했기에 많은 사람이 미련하다고 손가락질하는 것이다. 하지만 묵묵히 자기일을 하고 일을 사랑한다면 결국 꿈은 이루어진다.

말간 노란빛이 도는 죽력고

도공이 도자기를 만드는 심정으로
술을 빚는다

"만들다 실패한 술 좀 있으면 주게."

"말도 안 되는 소리 하지 말게. 절대 그럴 수 없어. 버리면 버렸지 완성되지 않은 술은 절대로 죽력고라고 할 수 없네."

마을 친구들이 양조장에 찾아와 송 명인에게 상품 가치가 떨어지는 술이 있으면 달라고 부탁했지만 그는 일언지하에 거절했다.

"죽력고를 빚는 게 보통 힘든 일이 아닙니다. 날씨 영향도 많이 받고 불 조절을 조금만 잘못해도 안 되기 때문에 정성을 다해야 하죠. 그래도 실패할 때가 많아서 술 자체가 귀합니다. 주위 사람들에게도 여간해선 안 줘요. 젊었을 때 주위 사람들에게 몇 번 주었더니 다음 날 또 달라고 떼를 쓰더라고요."

죽력고를 만드는 방법은 까다롭기 그지없다. 일반적으로 다른 술은 밑술을 만드는 데 찹쌀과 누룩만 있으면 된다. 하지만 죽력고는 밑술을 만드는 데만 20일 정도 걸린다. 이렇게 발효된 밑술을 앙금이 가라앉을 때까지 가만히 놔둔다. 밑술이 다 준비되면 동네에 있는 대나무 숲으로 가서 대나무를 잘라온다. 대나무 마디마디를 잘라야만 술을 만들 때 술독이 터지지 않기 때문에 마디를 잘라준다. 그리고 적당한 크기로 쪼갠 다음 항아리에 담는다. 대나무가 담긴 항아리는 뚜껑을 아래로 하여 땅속에 뉘어놓는다. 그러고는 불을 피운다. 이때 처음에는 콩을 말린 콩대를 때고 다음에는 왕겨를 섞어서 땐다.

"술을 만들 때 시간과 온도가 가장 중요합니다. 불이 너무 세어도 안 되고, 불을 너무 오래 때도 안 됩니다. 몇 시간이라고 정확하게 말하지는 못합니다. 술을 담글 때마다 들어가는 정성에 따라 시간이 달라지기 때문입니다."

불이 꺼진 항아리 속으로 진한 녹색 대나무 죽력이 흐른다. 중요한 것은 이 불을 한 번에 꺼뜨리면 안 된다는 것이다. 불기운이 자연스럽게 내려갈 때까지 온도를 은근하게 유지해야 한다. 날씨와 온도가 쉴 새 없이 바뀌는 상황에서 이런 조건을 만들어주는 것은 쉽지 않다.

이틀 동안 옆에서 지켜보면서 부채질을 하고 나무도 쉴 새 없이 넣어야 한다. 비록 과학화된 정확한 수치로 만드는 것은 아니지만 그만의 감으로 죽력고를 만들어내는 것이다. 30년 동안 수없이 반복하면서 경험을 쌓기까지 그가 들인 정성이 어느 정도인지는 짐작하기조차 어렵다.

이렇게 만들어진 죽력은 대나무 잎에 재놓는데 여기에 대나무, 솔잎, 숯, 소줏고리를 넣어준다. 그리고는 이 소줏고리를 이용하여 술을 만들어내는 것이다. 낮은 불에서 오랜 시간 은은하게 내려야 한다. 다시 한 번 정성이 필요한 시간이다.

송 명인은 어머니가 자식에게 밥을 해서 먹이는 심정으로 술은 빚는다. 술을 빚을 때 온도 조절, 설명하기 힘들지만 곁에 서서 지켜보는 마음, 술과의 대화 같은 모든 정성이 모여 조선의 3대 명술인 죽력고가 탄생하는 것이다.

죽력고의
맛

"최우수상! 정읍시 태인면 죽력고!"

최우수상을 수상했다는 말이 마이크로 흘러나오자 송 명인의 눈에서 눈물이 주르륵 흘렀다. 30여 년 동안 묵묵히 만들어온 죽력고가 이제야 인정을 받았기 때문이다.

죽력고가 대중에게 알려진 것은 그리 오래되지 않았다. 2002년 9월

16일 국순당에서 주최한 '아름다운 우리 술을 찾습니다' 공모전이 열렸다. 전국 각지에서 다양한 술이 참가했는데 유독 한 가지 술에 사람들이 멈춰 서서 수군댔다.

조선의 3대 명술인 '죽력고.' 명맥이 끊어진 줄 알았던 죽력고가 등장했기 때문이다. 그 자리에 전문가가 많았지만 죽력고의 맛을 아는 사람은 드물었다. 하지만 죽력고의 청초한 모습을 보고 모두 감탄해 마지않았다. 그리고 죽력고는 이 공모전에서 당당히 최우수상을 수상했다.

송 명인은 업을 아버지에게서 물려받았다. 과거에는 양조장에 항상 사람들이 길게 줄을 서서 술을 받아갔고, 돈을 세느라 손가락이 아픈 적도 있었다. 그 덕에 송 명인도 서울에서 학교를 다녔지만 열여덟 살 되던 해 아버지가 중풍으로 쓰러지셨고 그때부터 송 명인이 양조장을 맡아왔다.

"어머니, 왜 약을 쓰지 않고 죽력고를 내리시나요?"

"죽력고는 약이기 때문이란다. 다른 어떤 약보다 '죽력'의 힘이 더 좋기 때문이지."

어머니는 중풍으로 쓰러진 아버지를 치료하려고 죽력고를 내리기 시작했다. 다른 약도 많았지만 어머니는 죽력고만 내리셨다. 죽력고는 술이 아니라 약이었기 때문이다. 그러한 어머니 덕분에 송 명인도 자연스레 죽력고 내리는 법을 배우게 되었다. 송 명인의 아버지가 아

프지 않았다면 죽력고는 남아 있지 않았을지도 모른다. 그런 우연과 필연 사이에서 죽력고는 살아남게 된 것이다.

국순당 술 공모전에서 최우수상을 받은 뒤 많은 사람이 문화재 지정을 받아보지 않겠냐며 권했다. 무형문화재라는 말조차 생소했지만 많은 사람이 권유하니 술을 정성스럽게 만드는 것이 끝이라는 생각을 바꿨다. 사람이 나이가 들어 늙는 것처럼 세월이 지나면 죽력고도 명맥이 끊기겠구나 싶은 생각이 드는 순간 양조방법을 지켜나가야겠다고 다짐했다.

이를 계기로 식약청에 문화재 신청을 했지만 허망한 답이 돌아왔다. '죽력고는 문화재로 손색이 없는 술이지만 죽력이 약재로 사용되기 때문에 식품으로는 허가할 수 없다'라는 것이었다.

"우리나라는 대나무의 잎, 죽순, 꽃은 먹어도 되지만 몸통만은 먹을 수 없게 되어 있습니다. 외국에서는 대나무의 효능을 인정하여 다양한 식품으로 판매하는 데 반해 우리나라에서는 대나무 몸통만 유일하게 약재로 등록해놓아 식품으로 판매할 수 없게 되어 있었습니다."

기가 막힌 일이 아닐 수 없었다. 조선 3대 술로 지정될 만큼 누구나 마시고 즐기던 술인데 약용이라서 안 된다니 답답하지 않을 수 없었다. 이때부터 죽력에 대하여 정확히 알아야겠다는 생각이 들어 죽력이 식품이라는 사실을 증빙하기 위한 혼자만의 싸움을 했다.

세월을 고스란히 담고 있는 태인양조장

매주 주말이면 서울로 올라와 국립중앙도서관의 옛 문헌을 모두 살폈다. 한자를 잘 몰라 한 페이지씩 넘기면서 '죽'자가 나와 있으면 모두 복사했다. 그러고는 인사동으로 가서 뜻을 해석하기를 수백 번, 그는 공부하면 할수록 죽력고가 얼마나 좋은 술인지 알 수 있었다.

《동의보감》을 보면 죽력을 약재로 기록하고 효능을 길게 적어놓았지만 송 명인에게는 약으로 쓰는 죽력이 아니라 술로 쓰는 죽력이 필요했다.

> 통약갓은 어데 가고 헌 파립에 통모자라
> 주체로 못 먹든 밥 책력 보아 밥 먹는다.
> 양 볶이는 어데 가고 쓴바귀를 단꿀 빨 듯
> 죽력고 어데 가고 모주 한 잔 어려워라.
> 〈우부가〉

조선시대의 〈우부가〉라는 노랫가락에 나올 만큼 죽력고는 널리 퍼져 있는 술이다. 하지만 이러한 자료보다 더 많은 자료가 필요했다. 그래서 그는 《임헌십육지》《증보산림경제》《조선무쌍신식요리제법》 등의 문헌을 찾아 조선시대 사람들이 죽력고를 술로 즐겼다는 내용이 있는지 뒤져보았다.

국립중앙도서관도 모자라 국회도서관까지 갔다. 죽력에 관한 자료를 모두 찾아보고 식품으로 다룬 옛 문헌을 모았다. 하지만 식약청에서는 매번 다른 이유를 들어 죽력을 식품으로 전환할 수 없다고 했다. 그래도 송 명인은 포기하지 않았다. 식약청에서 안 된다고 할 때마다 죽력에 대하여 더 찾아야겠다고 생각했다. 그렇게 끊임없이 노력하던 어느 날 전화 한 통이 걸려왔다.

"송명섭 씨죠?"

"네, 그런데요."

"제출하신 '죽력고' 건에 대하여 식품으로 승인이 났습니다."

치열한 싸움이 종지부를 찍는 순간이었다. 계란으로 바위치기가 아닐까 하는 생각도 들었지만 포기하지 않고 죽력고에 대한 객관적인 정보로 제시한 서류들은 식약청의 세밀한 검사를 통과할 수 있었고, 결국 식품으로 인정받게 된 것이다.

이로써 송 명인은 2003년 전라북도 무형문화재로 지정되었다. 한약방에서 약으로 명맥을 이어온 죽력고가 비로소 세상에 공식적으로 알려지기 시작한 것이다.

송 명인은 여전히 아침에 일어나 죽력고를 만들기 위해 대나무를 자른다. 그리고 땔감으로 가마솥에 물을 끓인다. 무형문화재로 지정된 그가 왜 여전히 예전 방식으로 술을 만들까?

그 이유는 간단했다. 물론 돈을 목적으로 하는 유혹이 많았다. '송명섭'이라는 이름을 걸고 대량생산한다면 어마어마한 돈을 벌 수 있었다. 실제로 많은 사람이 그렇게 술을 만들고 있다. 하지만 송 명인은 도저히 그럴 수 없었다. 죽력고는 일반 술과는 다르기에 그렇게 편하게 만들 수 있는 방법을 찾기 시작하면 더는 '고'라고 칭할 수 없다는 것이 대쪽 같은 신념이다.

"정성이 들어가지 않은 술은 맛이 제대로 나지 않습니다. 특히 죽력고를 만드는 과정은 복잡하고 시간도 배 이상 더 걸립니다. 그리고 고생한 만큼 수익도 나지 않습니다. 하지만 정성이 들어간 술을 한순간에 포기할 수는 없었습니다. 제 술은 8할이 정성이니까요."

송 명인이 술을 빚는 모습은 의연해 보이기까지 한다. 주변의 환호나 박수에 연연하지 않고 묵묵히 일하는 모습은 어떤 일이 자신에게 맞는지 고민할 겨를도 없이 그저 세상 기준에 맞춰 살아가려는 현대인에게 깨달음을 준다.

어떤 삶이 훌륭하고 멋진 삶인지 판단하는 것은 철저하게 주관적인 문제다. 다만 '자신의 일에 정성을 들인 삶' 또는 '모든 일에 정성을 들이며 살아가는 방법'에 좀 더 가치를 둔다면 이것이 올바른 인생이 아닌가 하는 생각이 든다.

6·25전쟁이 끝난 뒤 잿더미 속에서 반만년 만에 일으킨 기적 같은 역사가 입증해주듯 우리나라는 개발일로開發一路에 있다. 급속한 산업화와 넘쳐나는 수출 때문에 다른 곳으로 시선을 돌릴 수도 없었다.

그러다보니 모든 일에서 '속도지향적'이 되어버렸고 그러한 문화는 자연스레 지금까지 이어져오고 있다. 공사를 시작한 후 목표했던 기간을 단축하는 것을 자랑스럽게 생각하고 무엇이든 빨리빨리 하려고 한다. 늘 새로운 것에 열광하며 휴대전화도 무엇이든 최신식으로 가져야만 자신도 최신식으로 업그레이드된다고 믿는 듯하다.

일부 사람들은 값비싼 자동차를 타고, 많은 땅을 보유하며, 럭셔리한 레스토랑에서 식사하는 것에서 자신의 지위가 드러난다고 생각한다. 하지만 이는 삶을 자신만의 소유물로 생각하는 데서 나온 오류다.

때로는 멀리 돌아가는 듯한 과정, 시대에 뒤떨어지는 듯한 아날로그 방식이 어떠한 기술로도 흉내 내지 못할 깊이와 진가를 만들어내기도 한다. 삶은 영원하지 않다. 인생은 최고의 순간과 최선의 선택으로 이루어져야 하고, 최고의 순간을 연장할 때 삶은 더 행복해질 수 있다.

우리네 삶에서 가장 중요한 것은 남보다 더 빨리, 더 높이가 아니라 각자의 길에서 목표를 향해 얼마나 차분히 걸어가느냐다. 그러기 위해 가장 기초가 되는 것은 '정성'이다. 자신만의 술독에 '정성'을 가득 채워라. 정성 들여 하는 일, 그것이 바로 삶이 될 것이다.

셰프의 노트를 훔치다

© 김한송 2010

2010년 8월 27일 초판   1쇄 발행
2019년 1월 15일 초판 11쇄 발행

지은이 | 김한송
발행인 | 이원주

발행처 | (주)시공사
출판등록 | 1989년 5월 10일(제3-248호)

주소 | 서울특별시 서초구 사임당로 82(우편번호 06641)
전화 | 편집(02)2046-2896·마케팅(02)2046-2894
팩스 | 편집·마케팅(02)585-1755
홈페이지 | www.sigongsa.com

ISBN 978-89-527-5981-8 03810

" de Citron }
u jus d' orange)
t " de Citron)
u Vin Blanc
u miel
te Base reduire par 80 cc
g Beurre
sel poivre

Sauce beurre blanc au Fond
Base 270 cc   légu...
70 cc Vin blanc
80g échalote hachées (nette)
35g Champignon " (net)
30g oignon " "
50g poireau blanc " "
30g celeri " " (brut)
50g Fenouil haché (brut)

re comme Beurre Blanc le Fair cuire Tout ensemble
aire Tourner dans la machine en d'reduire
puis le passer par le chinois jus qu au four (Total Volu...

Total 130 cc
Base 60 cc
Beurre 40 cc (pour monter)
l' assaisonnement

u jus d' orange pour
la fin rape de zest
et de passée au machine à couper
re blanc au Fond de volume 550 cc au chimois
blanc   légume
Total Volum ± 100 cc

te hachées (nette)   (Base Beurre Blanc à l'orange
gnon " (net)   15g zest d' orange
" "   5g " de Citron
blanc " "   5g " de Citron   Base 270 cc
" " (brut)   130 cc jus d' orange
haché (brut)   15 cc " de Citron
uire Tout ensemble   40 cc Vin Blanc
                        25 cc miel
four (Total Volume)   Cette Base reduire par 80 cc
                        100g Beurre
                        sel poivre

(pour monter)   faire comme Beurre Blanc avec
...ement   (faire Tourner dans la machine à

jus d'orange
" de Citron }   Sauce beurre blanc au Fond
                Base 270u   légu..
jus d'orange   70u Vin blanc
" de Citron   80g échalote hachées (nette) (..
Vim Blanc   3tg Champignon " (net)
mïel   30g oignon   "   "
Base reduire par 80u 10g poireau blanc " "
                30g celeri   "   " (brut)
Beurre
Sel poiVre   50g Fenouil   hachë (brut)

comme Beurre Blanc le Fair cuire Tout ensemble
ire Tourner dans la machine à écrire
uis le passen par le Chinois jus qu au foou (Total Volum

              Total 130u
                      Base 60u
jus d'orange pour   Beurre 40u (pour monter)
a fin râpe de zest   l'assaisonnement
        et de   passée au machine à couper
e blanc au Fond ... légume ... 550u au chinois
ane   légume
                          Total Volum ± 100u
hachées (nette) (Base
non " (net)   Beurre Blanc à l'orange
"   "   15g zest d'orange
blanc " "   5g   " de Citron }
"   " (brut)   180u jus d'orange   } Base 270u
hachë (brut)   15u   " de Citron
                  40u   Vim Blanc
                  2.5u mïel
ire Tout ensemble
                  Cette Base reduire par 80u
foou (Total Volume) 100g Beurre
                          Sel poivre

pour monter)   faire comme Beurre Blanc aVec B..
                  (faire Tourner dans la machine à m
ement